식지 않은 토마토

식지 않은 토마토

발행일	2022년 2월 25일

지은이	박예손		
펴낸이	손형국		
펴낸곳	(주)북랩		
편집인	선일영	편집	정두철, 배진용, 김현아, 박준, 장하영
디자인	이현수, 김민하, 허지혜, 안유경	제작	박기성, 황동현, 구성우, 권태련
마케팅	김회란, 박진관		
출판등록	2004. 12. 1(제2012-000051호)		
주소	서울특별시 금천구 가산디지털 1로 168, 우림라이온스밸리 B동 B113~114호, C동 B101호		
홈페이지	www.book.co.kr		
전화번호	(02)2026-5777	팩스	(02)2026-5747

ISBN	979-11-6836-195-9 03810 (종이책)	979-11-6836-196-6 05810 (전자책)

(주)북랩 성공출판의 파트너

북랩 홈페이지와 패밀리 사이트에서 다양한 출판 솔루션을 만나 보세요!

홈페이지 book.co.kr • **블로그** blog.naver.com/essaybook • **출판문의** book@book.co.kr

작가 연락처 문의 ▸ ask.book.co.kr

작가 연락처는 개인정보이므로 북랩에서 알려드릴 수 없습니다.

식지 않은 토마토

박예손 소설집

북랩 book Lab

저자의 말

내가 어찌 너를 아드마 같이 놓겠느냐 어찌 너를 스보임 같이 두
겠느냐
내 마음이 내 속에서 돌이키어 나의 긍휼이 온전히 불붙듯 하도
다 (호11:8하)

길고도 짧은 시간을 돌아왔습니다.
허물과 탄식, 스스로 갇힌 굴레에서
자유로운 영혼과 황홀하여 기쁜 마음으로
소설을 쓰게 하신 주님께 노래합니다.

5년 전 시로 등단하여 『사랑은 그대 바다였네』 시집을 펴낸
후로 매일처럼 소설을 썼습니다. 소설을 집필하는 동안 여덟
편의 단편소설 속 인물들과 수시로 만나게 되어 행복했습니다.

어느 땐 그들이 먼저 이야기를 이끌기도 했고 어느 땐 저도 모르게 같이 웃다가 울기도 했습니다. 알고 보니 그들은 무심코 지나친 이웃이었고 친구였으며 동료였습니다.

이제는 어느 누군가를 공감의 장에서 함께 만나기를 기대합니다. 서로의 힘든 어깨를 조용히 감싸주어 다시 일어설 힘과 격려가 되기를 소망합니다.

이천이십이 년 일월에
박예손 올림

식지 않은 토마토

차 례

5   저자의 말

9   다만 강한 바람이 불었다

39   식지 않은 토마토

69   바람이 사는 숲

99   나무가 된 남자

123   꿈꾸는 빛을 살다

147   시간의 역습

173   당신 안에 네가 있다

199   별을 떠난 여행

다만 강한 바람이 불었다

그날 바람이 불었다. 창밖을 휘두르던 송곳 같던 바람, 희숙은 희멀건 눈빛으로 전신거울에 비친 자신의 모습을 바라보다 꺽꺽 미친년처럼 운다.

거울엔 올리브색 속옷만 입은 여자가 곳곳에 멍들고 피가 난 얼굴로 서 있다.

발등까지 독버섯처럼 번진 죽음의 기운, 반은 넋이 나간 그녀가 보인다. 꼭 죽은 사람처럼 무표정한 얼굴로 거울에 다가갔다. 전신거울 앞에 선 그녀는 퍼렇게 멍든 손을 뻗어, 마치 타인을 어루만지듯 천천히 상처가 보이는 곳을 손으로 만져주었다.

바로 1시간 전의 그녀는 딴 세상 사람이었다.

그렇게 바라고 꿈꾸던 상류층의 화려한 장미, 마흔두 살된

한 나라의 공주 같은 삶이었다. 하지만, 무슨 일이 있었던 것일까, 눈에 초점을 잃었다. 희숙은 남편인 웅국이 술병을 바닥에 깨트려 유리 조각이 깔린 바닥 한곳에 펑퍼짐하게 앉아 흐릿한 기억을 더듬어 본다.

오늘은 결혼 7주년이었다. 이날을 축하하기 위하여 화려하게 장식한 꽃병이 양쪽에 하나씩 있었고, 남편이 마주 앉아 있었다. 그가 좋아하던 커다란 킹크랩, 층층이 가득 담긴 접시가 있었다. 그녀가 정성 들여 손수 만든 해물 파스타가 놓여 있었다.

그들은 다정한 키스를 나누었고 유리잔을 높이 들어 수백만 원짜리 와인을 마셨다. 씨네 퀴 넌, 댄저러스 버드 그르나슈 2007 레드 와인을 부딪쳤다. 순조로운 저녁이었다.

어느 순간이었을까. 평소 외박을 밥 먹듯 하던 남편 웅국에게 희숙이 그간 쌓인 불만과 원망으로 짜증스러운 말을 꺼내기까지 그의 집은 매우 행복하다고 볼 수 있는 상황이었다.

"여보옹 우리 웅국 씨! 당신은 말이야 도대체 어느 나라에 사는 남편이냐고. 거의 매일 왜 나를 힘들게 하냐고…." 와인을 두세 잔 연거푸 마시던 희숙이 체념처럼 말했다.

"당신 돌았어? 내가 집에 오든 말든 당신은 당신 하고 싶은 대로 살라고 제발…. 어? 내가 매달 꼬박꼬박 생활비 천만 원씩 주는 거 한 번이라도 빠트린 적 있어, 없어? 대답해 봐. 보라고!" 웅국은 소리를 질러 댔다. 급기야 자리에서 벌떡 일어나

더니 곧장 그녀 옆으로 걸어가 당장이라도 죽일 것처럼 표독한 눈으로 그녀를 한참을 노려보다 짐승처럼 흥분했다. 무자비하게도 솥뚜껑 같은 손바닥으로 철썩철썩 두 번이나 그녀의 뺨을 냅다 때리며 그녀의 어깨를 잡아 곧장 바닥에 내팽개쳤다.

순간 무방비 상태로 있다가 몸에 큰 타격을 받은 희숙은 엉엉 소릴 내며 참았던 눈물을 흘린다. 상처 입은 외로운 짐승처럼 냅다 소리를 질렀다.

"여보! 흑흑 언제 내가 돈 달랬어? 달랬냐고! 나는 당신이 필요하다고요. 난 무지 외로워요. 우린 아직 부부잖아요. 나도 다른 사람들처럼 행복하게 살 권리가 있어요. 흑흑 허억허억 어엉 어엉 꺼억꺼억." 그녀는 참았던 울음을 토해냈다. 어쩌면 울면서 속이 후련하다는 생각이 들었다.

"그래서 내가 당신한테 뭐랬어, 전부터 이혼해달라고 했잖아. 당신이 자처한 거야, 누굴 원망해 누굴. 이년아."

"난 네가 지겹고 싫어 정떨어진 지 오래고 이제는 당신한테 아무런 감정이 없어." 응국은 희숙을 다시 일으켜 세워 더 악랄하게 닥치는 대로 손찌검을 했다. 식탁 위에 놓인 와인병을 높게 들어 바닥에 깨트리기까지 했다. 한참을 두들겨 팼다. 순식간에 바닥은 난장판이 됐고, 그녀의 얼굴과 입술은 터지고 피가 났다. 하얗던 몸에는 퍼렇게 멍든 자국이 여기저기 심하게 들었다.

"이제 제발 정신 좀 차려라 차려. 난 사랑하는 사람이 있다고 몇 번이나 말을 했냐. 허억허억 흐흐흑." 웅국은 굶주린 사자처럼 으르렁거렸다. 마치 이 세상 사람이 아닌 것 같았다. 그러더니 식탁 위에 있던 것들을 손으로 모두 쓸어 버렸고 그녀와 그간 이어진 것들을 다 쓸어 버리려는 듯 하나도 빠짐없이 깨트리고 부숴버렸다.

시간이 흘렀다.

자정을 넘어 벽시계가 새벽 두 시를 가리키고 있을 때쯤 희숙은 한 마리 새처럼 울다 지친 모습으로 잠들었다. 눈을 뜨니 갑자기 한기가 느껴진다.

그녀는 길 잃은 물고기처럼 눈만 몇 번 껌벅이다 침대 안으로 들어가 다시 누웠다. 잠든 그대로 다시 하루가 지났다. 만 하루가 지난 아침에 시장기를 느껴 자리에서 일어난 그녀는 언제 그런 일이 있었냐는 듯 서둘러 집 안을 치우기 시작했다.

가사도우미를 호출하기가 싫은 데다 집안이 산산이 부서진 모습을 아무에게도 들키고 싶지 않았다.

눈에 보이는 황폐한 모습과 기억은 자신의 일이 아닐 거라는 막연한 부정을 하며 오로지 신성한 예식을 치르는 듯 청소기를 돌리고 닦았다.

다행인지 불행인지 그들 부부에겐 아직 아이가 생기지 않았다. 결혼할 그 당시만 해도 둘은 잠시라도 옆에 없으면 살 수 없을 것처럼 완벽히 사랑한다고 믿었다. 그래서 아이가 생기지 않는 부분에 대해서도 둘 다 불만은 없었다.

웅국은 부모에게 물려받은 건물 중의 하나인 서울 한복판 중심가에 레스토랑을 운영했다.

언젠가 맛집 식당으로 제법 방송을 타자, 전국에서 많은 인파가 몰려들었고 덕분에 매장은 늘 북새통을 이뤘다. 매장은 여느 기업 못지않게 하나둘 체계가 잡혀갔다. 이사에 과장과 부장 또 팀장들까지 조직을 이뤄 나갔고 그는 나름대로 성공한 CEO였다. 탄탄대로를 달리고 있었다.

어느 날 새로 부임한 젊은 여자 실장이 왔다.

같은 여자가 봐도 가히 감탄할 만한 미모에 몸매가 늘씬하여 그녀가 지나갈 때면 남자들의 시선이 그녀를 바라보느라 넋이 나갈 정도였고 소문이 파다했다.

평소 바람기라고는 찾아야 찾을 수 없었던 사장까지 그런 그녀를 놓칠 리 없었던 것이었을까. 항상 가정적이며 자상했던 그가 점점 변해갔다. 언제부터인지 그가 희숙을 바라볼 때면 마치 들이나 산에 있는 흔한 돌멩이를 보는 듯 아무런 관심이 없었다.

그렇게 변해가는 남편 앞에 희숙은 남편이 변한 이유가 무조건 자신의 탓인 양 더 아름답게 치장했고, 밤이면 더 섹시하게 보이려 최선을 다했다. 그런 노력에도 끄떡없는 남편이었다. 그녀는 도저히 참을 수 없어 어느 날 미행하기로 했다.

꼬리가 길면 밟힌다고 했던가. 남편이 변했던 원인이 새로 온 실장에게 있음을 알았다. 남편 몰래 날 잡아 그녀를 따로 불렀다.

1시간 전에 먼저 나와 약속한 카페에 들어섰다. 들어선 순간부터 그녀의 가슴이 곤두박질치더니 급기야 손까지 떨린다. 그런 자신이 한심하기도 한 데다 과연 어떤 말로 시작을 해야 할지 머릿속이 하얘져서 다시 한번 가방에 챙겨 둔 봉투를 확인한 후에야 한숨을 내쉬었다.

이윽고 문을 열고 들어서는 김 실장이 보인다. 속으로 침착하자고 다짐을 했다.

"안녕하세요? 김현아라고 합니다." 긴장하는 말투로 말을 건네왔다.

"네! 나는 알다시피 사장 와이프 되는 사람이에요. 오늘 보자고 한 건 길게 말하지 않겠어요. 이것 받고 나서 다신 우리 그이 앞에나 매장에 절대로 나타나지 마세요. 그 조건으로 마련한 거니까 이후로는 절대 볼 일이 없었으면 해요. 무슨 말인지 아시겠죠? 앞으로 당신은 죽은 거나 마찬가지라고 생각하세요."

희숙은 준비해 둔 두둑한 봉투를 내밀고 조용히 자리에서 일어나 출입문 쪽으로 간신히 걸어 나왔다.

그 후에 실장은 어디로 사라졌는지 나타나지 않았다. 집에서는 남편이 더 이상 말을 꺼내지 않았지만, 그녀는 내심 불안해졌다.

　남편은 차츰 얼빠진 사람이 되어갔다. 두 달여를 이제 다 끝났나보다 생각했지만, 사건은 그 후에 터졌다. 이제껏 실장을 따로 수소문하던 남편이 드디어 느닷없이 사라진 실장에 대해, 그 이유에 대해 세세히 알게 된 것이다.

　그 일후로 남편이 희숙을 대하는 태도가 변했다. 돌변하다시피 냉랭해졌고 급기야 이혼이란 말을 자주 꺼내왔다. 그는 오직 실장에게 빠져 헤어 나오질 못했다. 한 가닥 희망이라도 잡으려는 듯 희숙은 절대로 이혼하지 않겠다며 그렇게 3년을 버텨왔던 것이다.

　하지만 그 실낱같던 희망도 사라졌고 이 세상에 그녀를 따뜻이 감싸주며 이해해 줄 이는 그 아무도 없다고 생각했다.

　절대로 변할 수 없는 세상이 맥없이 와르르 무너져 사라졌다.

　그녀의 마지막 희망, 요새 같던 가정이 무너졌다.

　무남독녀 외동딸로 태어난 그녀는 어린 시절 아빠 없이 가난하게 자라왔다. 아빠가 누구인지 모른다. 그저 낡아서 닳은 사진 속 얼굴로만 기억될 뿐이다. 아버지의 사랑이 무엇인지 알 수 없어 어렴풋이 생각만 할 뿐이었고, 오히려 엄마는 더 강하고 똑똑하게 키우려고 온갖 고생을 마다하지 않으셨다.

　아빠는 결혼 후 1년이 채 되기 전에 퇴근 후 귀가하다 교통

사고로 허망하게 돌아가셨다. 그 이후로 젊어서 과부 된 엄마는 오직 신앙으로 살았다. 저녁마다 자기 전에 꼭 딸의 두 손을 잡고 기도를 드렸다.

하나님을 아버지로, 때로 남편처럼 지극정성으로 섬기셨다. 어느 부잣집의 가사도우미로 일하면서도 얼굴은 언제나 환하게 웃는 분이었고, 딸만큼은 고생시키지 않으려 목숨 걸고 일하셨다. 그래서인지 희숙은 무사히 큰 고생 없이 원하던 대학에 들어갔다. 딸의 합격 소식을 들은 엄마는 수화기를 들고 말없이 펑펑 우셨다.

하나님이 우리 기도를 들어 주셨다며 크게 기뻐하셨던 엄마는 희숙이 대학교 졸업을 얼마 남겨 둔 겨울 어느 추운 날, 당신이 대장암 말기인지도 모르고 일만 하시다 갑자기 쓰러져 돌아가셨다. 희숙은 하나의 세상이 그녀 곁에서 영영 사라짐을 그냥 목도할 수밖에 없었다. 그 이후로 그녀는 주일이면 어김없이 엄마와 나란히 앉아 예배를 드리던 교회마저 출석하지 않았고, 교회 교구 목사님이 가끔 안부 전화를 했지만 엄마를 일찍 잃은 마음만 아파졌기에 오히려 교회를 나가지 않는 게 덜 괴롭게 느껴져 예배를 점점 멀리해왔다. 어쩌면 자신의 믿음이 진짜인지, 의심까지 들기도 했었다.

대학을 졸업하고 세상에 첫발을 내디딘 그녀의 목표는 오직 '돈'이었다.

주변에 가족이나 혈연이 전혀 없던 그녀가 의지할 건 오직 물질이었고, 사람들이 결국 돈 앞에서는 양심도 버리고 꼬박 죽는시늉까지 하는 마당에 다른 가치관은 사치일 뿐이라고 굳게 믿어왔다.

그러던 그녀에게 뜻밖의 일이 생겼는데 그녀가 잠시 통역으로 일해 준 모 중개업의 대표가 자신의 아들을 소개해 준 일이다.

흘러오는 말에 의하면 대표의 재산, 즉 그녀가 그렇게 소중히 알고 왔던 가치의 높이와 크기가 어마어마했다. 서울 중심가에 고층 빌딩이 서너 개 있었고, 제주도 땅 1/5이 결국 그들의 것이라는 놀라운 소문을 듣게 되었다. 그녀는 더 이상 망설일 게 없었으며 이 기회를 놓치면 평생 지지리도 가난하게 살아야 할 운명인 것 같았다.

처음 웅국을 만나기 전날, 그녀는 백화점에 들러 일단 부티나는 원피스와 명품 백과 구두까지 몇 달 치 월급을 가불한 셈치고 카드를 긁었다.

다음 날 아침 일찍 헤어숍에 들러 머리부터 화장까지 온갖 정성을 들이며 어찌 됐건 이 결혼만큼은 죽어도 해야 한다는 절박감이 있었다. 다행인지 큰 어려움 없이 그들의 만남은 만난 지 반년 만에 결혼으로 이어졌다.

솔직히 희숙은 웅국을 사랑하지 않았다. 다만 사랑에 빠진 여자가 되기로 했고 그 남자를 사랑하고 있다고 자신을 철저히 속여야 했다.

웅국을 만나기 전 같은 과 남학생이 졸졸 따라다니며 제발 만나자고 보채기까지 한 일이 많았다. 귀찮기도 해서 한 번 만나고 두 번 만나보니 그 남자가 그리 싫지 않아 좋아하게 되었다. 시간 날 때면 그들은 식당과 영화관에서 만났고 정이 들었으며 어느 연인들처럼 사랑하게 되었다. 조촐하지만 평생 잊지 못할 프러포즈도 받았다.

그런 와중에 웅국을 소개받은 터라 평범한 집안의 남자 친구와 부잣집 재벌의 남자 사이에 더 고민할 필요가 없다고 단정한 그녀였다.

그녀의 첫사랑은 그 남자 친구다. 그는 희숙에게 솔직하고 진실했다. 적어도 그녀에게만큼은…. 더군다나 그는 크리스천이라 주일이면 둘이서 예전에 엄마와 나란히 앉아 행복한 예배를 드렸던 것처럼 그와 다정히 예배를 드렸다. 하지만 그녀는 스스로 먼저 그를 배신했고 차츰 그 앞에서 자주 짜증을 내며 그를 멀리했다. 그런 그녀의 마음을 돌려놓고자 그는 사정하며 협박도 해봤지만 얼마 지나자 할 수 없이 더 이상 연락하지 않았다.

세월이 흘러 가끔은 그가 그리웠고 보고 싶었다.

결혼 생활이 힘들 때면 자신도 모르게 그가 생각났다. 지난 일들이 꿈처럼 아름답게만 느껴졌다.

웅국과의 격렬한 싸움 이후, 즉 7주년 결혼기념일 이후 희숙은 도통 말이 없어졌다. 아니 일부러 말하는 걸 기피했다. 가사도우미를 불러도 메모지에 그날 해야 할 일을 적어 건네주기만 했다. 일주일에 세 번 정도 오는 가사도우미는 더 이상 그녀에게 말을 걸지 않았다. 그저 자신이 해야 할 일만 묵묵히 하고 돌아가곤 했다.

남편이란 사람도 더는 집을 오지 않은 지가 벌써 두 달이 다 되어갔다.

그녀가 하는 일이란 느지막이 아침을 먹고 헬스장에 갔다가 오후에는 백화점 문화센터의 서양화 반에 등록하여 다녔다. 마음을 다스리려 그림을 시작했지만, 애초에 관심이 없는 분야다 보니 전혀 흥미롭지가 않았다.

일주일에 한 번은 사장 사모님들의 사교 모임인 골프를 쳤다. 그 외의 시간은 혼자서 무작정 서울 근교로 드라이브하거나, 자주 찾는 백화점을 순회했다.

언제부턴지 그녀에게는 도벽이 있었다. 그것은 백화점을 둘러보다 아무 생각 없이 스카프나 반지, 작은 소모품 등을 자신의 옷 주머니에 그냥 찔러 넣는 일이다.

직원이 잠깐 다른 손님과 대화하느라 자신을 보지 않을 때면 하나씩 가방이나 주머니에 슬그머니 쑤셔 넣었다. 그리고서 태연한 척 다른 물건 하나를 집어 계산하면 끝이었다. 그러다 여자 화장실에 들어가 훔친 물건들을 꺼내 다시 쇼핑백에 담아 나오면서 백화점 입구에 있는 큰 휴지통에 냅다 버리면 왠지 스트레스를 푼 기분이 들었다.

집에 와 밤에 자기 전에 생각하면 자신이 했던 일이 하도 기가 막혔지만, 막상 몰래 도둑질할 때는 살아있는 사람으로 되돌아갔다. 심장이 뛰고 스릴이 있었다. 그때만큼은 그의 괴로움을 잠시라도 잊을 수 있었다. 뭐라도 일을 저지르지 않고는 견딜 수 없다고 생각했다.

그녀는 자신이 꼭 영혼이 없는 삶을 살고 있음을 점점 깨달았다. 그때는 이미 많은 시간이 흐른 뒤였다.

그녀는 살고 싶었다.

현재 자신의 삶이 정상이 아니라는 것을 마음 깊이 알고 있었지만, 어쩌면 세상에서 자신이 살아야 할 아무런 이유나 근거가 없다는 허무한 생각도 자주 들었다. 그야말로 아무도 모르게 죽고 싶었다.

희숙은 바람이 세차게 부는 날 평소 몰고 다니던 벤츠를 몰았다. 특별히 가야 할 곳도, 가고 싶은 곳도 없었지만, 마음에 평안함을 찾고 싶었다. 거의 차가 굴러가는 대로 운전했다. 한참 세 시간을 밟았을까. 어느덧 차는 어느 한적한 외딴 시골길에 접어들었고 창문을 통해 주위를 살펴본 그녀는 시동을 끄고 차에서 천천히 내린다.

그녀는 지금 죽어도 좋다는 생각이 들자 되도록 빨리 실행에 옮기고 싶은 마음이 간절해졌다. 캄캄한 밤, 주위는 칠흑같이 어두워 그나마 가로등 불빛이 약하게 비치는 30여 미터 옆 산길로 무작정 걸어 올랐다. 몇 걸음을 걸었을까, 주변은 무채색 검은 천을 두른 듯 어두웠다. 그야말로 자신이 아무에게도 보이지 않을 거라는 믿음은 잠시 누군가 외쳐 부르는 소리에 깨지고 말았다.

"거 누시오. 이렇게 캄캄한 밤에 산에 오르면 큰일 나요. 어서 빨리 내려와요, 어서. 정신없는 사람 같으니라고…. 쯧쯧 죽으려고 환장했소?"

"뭣을 하느라고 안 내려오는거. 여보시오, 내 말 들려유?" 마침 길을 지나던 동네 할아버지가 아주 다급한 큰 소리로 그녀를 부르는 통에 잠시 엿듣고만 있던 그녀가 어쩔 수 없다는 생각에 머뭇거린다.

"예, 예. 저 아저씨! 내려갈게요, 내려가요. 제가 길을 잘 몰라서요." 뒤돌아서 조심조심 발을 내디디며 산에서 내려왔다. 아무래도 이날은 결코 죽을 수 없다는 결론을 내렸다. 죽는 거는 다시 철저하게 계획을 짜기로 했다. 다음에는 이런 일이 없도록 만반의 준비를 해야겠다고 다짐하며 차 시동을 걸었다.

오늘은 가사도우미가 집에 오는 날이다.

그녀는 어김없이 메모지에 그녀가 먹고 싶은 음식과 처리해야 할 일, 그리고 얼마의 팁까지 가지런히 주방의 식탁에 올려놓았다. 올 시간이 되자 희숙은 거실 소파에 앉아 리모컨을 이리저리 돌리고 있는 중이었다.

가사도우미 아줌마는 여자치고 체구가 몹시 컸다. 이 집에 이사 온 날부터 7년째 일해온 그녀는 성격이 호탕해 까다로운 희숙의 기분을 잘 맞춰주었다.

평소 그녀가 현관문을 열고 들어올 때면 바닥이 마치 흔들거리는듯한 착각을 종종 한다. 그런데 그날따라 더 심하게 요동친다 느끼고 있는 차에, 도우미는 무슨 좋은 일이 생겼는지 시종 입을 다물 줄 모른다. 심지어 콧노래를 부르다가 어느 순간에 오랫동안 자신이 잊고 있었던 찬송가를 이어서 부른다.

> 내　영혼의 그윽히 깊은 데서 맑은 가락이 울려 나네 하늘 곡조가 언제나 흘러나와
> 내　영혼을 고이 싸네 평화 평화로다 하늘 위에서 내려오네
> 그　사랑의 물결이 영원토록
> 내　영혼을 덮으소서

갑자기 영혼 깊은 곳에서부터 울컥한 기운이 몰려왔다. 자신의 마음이 곧 파도가 요동치기 전 고요한 바다와도 같다는 생각이 들었다.

희숙은 재빨리 자리를 옮겨 그녀의 집 작은 지하실로 황급히

내려가고 만다. 왜 그런지 이유도 없는 눈물이 계속 앞을 가려 코가 시큰해 온다. 꺾어진 나무 계단을 두 번 돌고 나서야 그녀만 아는 밀폐된 공간으로 들어갔다. 처음 집을 지을 때 교회의 개인 기도실처럼 집에서도 기도하고 싶을 때 맘껏 할 수 있게 그녀가 설계사에게 따로 부탁해서 지은 공간이었지만, 돌이켜 생각해보니 막상 이곳을 이용한 일은 단 한 번도 없었음을 깨달았다.

그녀는 안에 들어가 시급히 문을 닫고 그 자리에 앉아 펑펑 울어댔다. 마치 이제까지 한 번도 못 울어 본 사람처럼, 아니 울려고 태어난 사람처럼 몇 시간을 울었다. 꺽꺽 울부짖었다. 그건 흡사 새끼 잃은 늑대가 세상 끝까지 절규하는 몸부림 같은 것이었다.

드디어 돌아가신 엄마가 그리웠다.

당신의 일생을 오직 그녀만을 위해 희생만 하다 돌아가신 당신이 너무 보고 싶었다.

"어엄마, 허억. 어엄마 꺼억 나 어떻게 살아야 돼! 엄마 보고 싶어 보고 시이퍼. 왜 그렇게 빨리 가셨어, 나만 두고 가면 난 어떡하라고…. 엄마 내가 잘못했어, 그렇지?"

"내가 죽었어야 돼, 내가 죽고 엄마가 살았어야 했어. 엄마 내 말 들려? 흑흐흑 흑흑."

"엄마, 난 나쁜 년이야. 날 용서해 줘, 제발. 날 용서해 줘. 아니, 용서하지 마! 엄마를 한 번도 행복하게 못 해줬어, 흑흑."

방음 장치를 한 곳이라 그녀는 맘 놓고 서럽게 울었다.

"하나님 아버지 절 용서해 주세요. 아버지이 아버지이 아버지이." 큰 소리를 지르며 눈물로 세수를 하듯 가슴 깊은 곳에서부터 터져 나오는 울음을 멈출 수 없었다.

"주님! 절 제발 살려주세요. 살고 싶어요. 제 영혼을 살게 해주세요. 예수님 십자가에 달리셔서 날 위해 피 흘려주셨잖아요. 그 피로 절 씻어주세요. 잘못했습니다. 절 용서하세요. 하나님보다 돈을 섬기고 더 사랑했어요. 돈만 있으면 된다고 이렇게 살아온 저를 용서해 주세요!" 그녀는 가슴을 쥐어뜯으며 통곡했다. 계속 눈물과 콧물을 닦으며 바닥을 이리저리 뒹굴었다.

"아버지 절 사랑해 주세요. 절 안아주세요. 흑흑 꺼억꺼어억."

"이제 말씀대로 살겠습니다. 교회에 나가지도 않은 이 교만한 맘을 용서해 주세요."

"제 찢긴 삶을 당신이 아십니다. 전 도둑질에, 사랑했던 사람을 배반했어요. 그의 맘을 아프게 했던 일도 용서해 주세요."

몇 시간이 흘렀을까 파도가 밀려오다 다 빠져나간 것처럼 목이 쉬도록 부르짖던 그녀는 엎드려 잠시 잠이 들었다. 누군가 포근한 이불로 그녀를 덮어준 듯 자면서도 따뜻함을 느꼈다.

그녀의 영혼 깊은 데에서 참된 평안함이 몰려왔다. 이제껏 누리지 못했던 강 같은 평안함이 그의 안에 충만했다.

"내가 너를 사랑한다. 딸아! 내가 너를 사랑한다. 딸아!" 영으로 들을 수 있는 세미한 음성이 들려왔다. 그녀는 고개를 들어 주위를 돌아보았다. 그 방에 자신 말고는 아무도 없음을 확인하며 분명 주님의 음성인 것을 온몸으로 깨달았다. 그녀는 무릎을 꿇었다.

"아버지 감사합니다. 절 사랑해 주시고 절 따뜻이 안아주시니 감사합니다. 전 너무 외로웠어요. 하나님 아버지 절 사랑해 주시는 거죠? 이제는 돈 보다, 그 어떤 것보다 주님만을 더욱 사랑하겠습니다. 더 이상 헛된 것, 거짓된 것을 사랑하지 않겠습니다." 희숙은 주님이 자신을 만나주시고 세미한 음성으로 사랑한다고 알게 해주시니 말로 할 수 없는 행복이 넘쳤다. 감사했다.

시간이 얼마나 지났는지 모른다. 서서히 자리에서 일어나 주변을 정리하기 시작했다. 울면서 닦았던 티슈가 옆에 앞에 수북이 쌓여 있음을 보고, 양손으로 휴지통에 버린다. 조용히 문을 닫고 위층으로 와 보니 식탁 위에는 그녀가 먹고 싶었던 음식이 한상 차려져 있다. 살아생전 엄마와 즐겨 먹었던 반찬들 위주로 상이 차려져 있고 도우미는 돌아간 뒤라 고요했다.

잠시 음식을 바라보던 그녀가 도우미 아줌마가 불렀던 찬송을 부르고 싶어 서재 깊숙이 넣어둔 성경 찬송을 들고 나왔다.

예전에 엄마와 마주 앉아 예배드리던 모습이 생각나 다시 또 마음이 울컥해 온다. 엄마가 좋아하던 찬송은 '찬송가 143장 웬 말인가 날 위하여.'였다 그녀는 진정 오랜만에 찬송을 부르고 있다. 입을 열어 부르다 보니 중간에 목이 메어 온다. 울다가 부르다가 5절까지 다 부르고 잠시 감사 기도를 드렸다.

　　희숙은 차츰 변해갔다. 초점 없던 눈동자에 생기가 넘치고 더 이상 백화점을 순회하며 저질렀던 도벽을 하지 않았다. 하나님이 자신을 사랑하시고 딸로 여기시는데, 더 이상 누추하거나 손가락 받을 일은 하지 않아야 한다고 늘 생각했다. 비록 자신을 세상에 태어나도록 해 준 육신의 아버지를 모르고 아버지의 사랑이 어떤 것인지 정확히 알 수 없어도, 하나님이 자신의 영원한 아버지이신 것을 수시로 감사했다. 이제는 더 이상 외롭지 않다고 생각했다.

　　아침이면 성경을 펼쳐 읽었다. 큰 소리로 찬송을 불렀다. 말씀을 읽던 중 하나의 생각이 머리를 떠나지 않는다. 자신의 삶을 송두리째 얽어매었던 거짓과 탐욕의 결과들을 그냥 방치할 수 없겠다는 다짐이 생겼다. '어디서부터 고쳐야 할까?' '나를 속였던 실체가 무엇이었을까?' 그녀는 주변을 둘러보다 그녀의 집과 결혼에 대해 이제는 책임을 져야 한다는 내면의 소리를 듣는다.

자신을 이제 사랑하지 않는다는 남편, 폭력으로 힘들게 했던 그가 자기 가슴 중앙에 비수를 꽂은 것처럼 계속 피를 흘리게 하고 아직도 아프게 함을 느꼈다. 그 찢겨 흐르는 피가 언제 멈추는지는 그녀도 알 수 없다. 하지만 그를 놓아주어야 했고 그를 용서해야 한다고…. 자신에게 수없이 고백했다. 희숙은 고개를 숙이고 진정 하나님께 간구한다.

"하나님 아버지! 저를 도와주세요. 제 남편을 용서할 수 있도록 저를 도와주세요. 저는 할 수 없습니다. 주님이 저에게 용서할 수 있는 마음을 주시옵소서." 그녀는 가슴에 손을 얹은 채 간절히 기도했다. 그리고 먼저 남편을 찾아가기로 했다.

과거와의 청산은 분명 쉽지 않겠지만, 그녀는 어떤 삶이 과연 주님께서 기뻐하시는 삶일지를 깨달아 원래의 궤도로 꼭 돌아오고 싶었다.

어느 날 희숙은 수년간 다니지 않았던 모 교회를 기억을 더듬어 찾아갔다. 건물은 예전 그대로였다. 입구에서 멀찌감치 떨어져 교회를 한참 바라본다. '여기까지 왔으니 들어가 볼까? 그냥 돌아갈까?' 잠시 생각하다 출입문 입구 쪽으로 걸어가 보았다.

정문 옆의 큰 철판으로 만들어진 안내판에는 각종 예배 시간이 쓰여있었고 담임 목사님 성함도 그대로 적혀 있었다. 꼭 고향 집에 돌아온 마음이었다. 교회를 떠나 수년간의 세월을 참으로 방탕하게 살아왔다는 늦은 죄책감이 들었고, 자신의 모습이 마치 탕자가 아버지의 집으로 돌아온 것과 같다는 생각이 들었다.

돌아온 탕자를 거절하지 않으시고 그렇게 기뻐하신 하나님이 자신도 거부하거나 싫다고 하지 않으시고 꼭 껴안아 주시리라는 확신이 들었다. 어서 주일이 되면 빨리 주님을 만나고 싶었다. 이 세상 그 누구보다도 자신을 사랑하시는 하나님 아버지를.

5년이 흘렀다.

5년 전 서울 모 교회에서 마지막으로 예배를 드린 후 이혼과 함께 고향 부산으로 내려왔다. 수십 년을 떠나 다시 돌아온 영도는 무척 반가웠다. 마치 어릴 적 소꿉친구가 마중 나와 꼭 껴안아 준 듯싶었다.

모든 걸 다 정리하고 내려왔지만, 아직 지우고 닦아 내야 할 마음의 짐은 무겁기만 했다. 그녀의 남은 생은 오직 하나님과 이웃을 위해 살기로 했으니 더 이상 자신에게 매이고 싶지 않았고 그의 가치관 또한 하늘을 향한 열정, 곧 말씀을 이루어 드리는 목표가 전부가 되었다.

겉치장과 허영, 남의 이목 등 눈에 보이는 것에만 관심을 쏟았던 그녀는, 이제 눈에 보이지는 않지만 가장 중요한 내면의 삶에 관심을 두었다.

식지 않은 토마토

고향 동네 작은 개척 교회를 나가기 시작했고, 지금은 권사 직분을 맡게 되었다.

거처 또한 교회 가까운 주택을 얻어 수시로 교회를 나가 기도하며 열심히 하나님과 이웃을 섬기고 있다.

하루 전이었다.

다급하고 어딘가 공포에 젖은 목소리로 김 실장에게서 연락이 왔다.

"여보세요? 사아모님이시죠, 저를 기억하시겠어요?" 깊게 들으면 분명 떨리는 목소리였다.

"네! 잘 알고 있어요. 김 실장님 맞지요? 그런데 갑자기 어떤 일로 전화 주셨어요?" 거의 몇 년 만의 통화였다. 정확히는 두 번째 통화였다.

그 당시 카페에서 그녀에게 어떻게 말을 했는지 어떤 말들을 쏟아 냈는지 그때의 일이 어제 일처럼 선명했다. 숨이 턱 막히는 것 같았다. 그녀가 입고 온 옷의 색깔도 아직 잊지 않았다. 왜 잊고 싶은 일들은 이처럼 강력한 오감으로 전해져 오는 것일까. 김 실장은 바로 말을 하지 않고 뜸을 들인다. 분명 그들에게 무슨 일이 생긴 것만 같다.

"갑자기 전화를 드려 죄송합니다. 하지만 전화할 곳이라곤 사모님밖에 없었어요. 저기, 제가 꼭 한 번 만나 뵙고 말씀드리고 싶은데요. 제가 멀리 다녀오기가 어려워서. 왕복 여비는 꼭 드리겠습니다. 내일 꼭 저를 좀 만나 주시겠어요? 부탁드립니다.”

　그녀 희숙은 부지런히 새벽 기차를 타고 서울에 왔다. 언제 서울에 살았었는지 기억이 선명했지만, 그녀에겐 꼭 딴 세상에 온 것만 같았다. 김 실장이 불러 준 주소를 갖고 택시를 탔다. 아직 빈속이지만, 기차에서 빵과 우유를 먹은 탓에 참을만했고, 과연 무슨 일이 있었던 것인지 앞으로 어떤 일이 일어날지 염려가 됐지만, 잠시 기도하니 맘에 평안이 왔다.
　어쩜 가기 싫어도 결코 가야만 하는 일임을 직감으로 느끼며, 한 번 숨을 크게 들이쉬고 내뱉으니 안정이 되었다.
　창밖은 6월 초여름 날씨답게 화창하고도 덥다. 지나는 사람들 표정이 왠지 좋은지 싫은지 아리송하다.

　택시 기사가 내려 준 곳은 멀리 한강이 보이는 부촌에 호화 주택 앞이다. 그냥 보기만 해도 200여 평은 돼 보인다.
　‘땡동’ 초인종을 누르니 기다렸다는 듯이 문이 열렸고, 희숙은 돌계단을 조심조심 오른다. 잘 정리된 정원은 여러 장미꽃이 앞다퉈 피어 있어 속으로 참 아름답다는 생각을 했다. 유난히 꽃 중에서도 장미꽃을 좋아하는 그녀는 잠시 빨간 장미꽃 앞에서 깊게 향을 맡는다. 그 순간 행복한 미소를 짓는다.
　육중한 현관문 여는 소리가 굵게 나더니 김 실장이 모자를 쓰고 선글라스를 낀 얼굴로 희숙을 맞는다.

"안녕하세요? 오시느라 힘드셨죠. 안으로 들어가세요." 조금은 후덥지근한 날씨인데도 그녀는 왠지 몸을 칭칭 감은 모습이라 희숙은 아차 싶었다.

"제가 장미를 좋아해서 향을 맡아 봤어요. 너무 예쁘네요." 담담한 인사를 나누고 그녀의 집 안으로 들어갔다. 집은 현관 입구부터 화려했다. 해외여행에서 사 온 갖가지 그림이며, 인형과 아기자기한 도자기들이 진열되어 있어 언뜻 보면 미술관 같은 착각이 들 정도로 꾸며 놓았다.

집 안에는 아무도 없었고 오직 김 실장과 희숙 둘뿐이다. 거실 중앙엔 전 남편이었던 웅국과 활짝 웃으며 찍은 결혼사진이 커다란 액자에 걸려 있었고 잠시 실내를 둘러본 희숙은 조용히 자리에 앉았다.

주방에선 커피를 내리는지 집은 향긋한 커피 향으로 진동한다.

쟁반에 방금 내린 커피를 담아 내 온 김 실장! 그녀가 드디어 선글라스를 벗고 모자를 벗었다. 한눈에 봐도 알 것 같은 폭력의 상처와 흔적이 얼굴과 눈, 머리 한쪽에 큰 혹 하나가 붙은 것처럼 부어 있다.

말을 하지 않아도 마음 한구석이 아프게 저려 온다. 희숙 본인이 맞은 것처럼 온몸이 아파진다.

"사모님! 제가 벌을 받나 봐요. 사모님을 괴롭힌 벌을 받고 있어요. 흑흑 꺼억 꺼억. 결혼한 지 4년 됐는데 그이는 벌써 제게서 마음이 떠났어요. 저랑 살고 싶지 않대요. 다른 여자랑 따로 살고 있다가 가끔 들이닥쳐서 며칠에 한 번씩 난리를 칩니다. 흑흐흑 헉헉 허헉 전 어쩌면 좋죠? 그이가 없으면 죽을 것 같아요. 놔주고 싶어도 놔줄 수가 없어요. 흑흑 엉엉 꼭 이혼해야 한다면 그를 죽일 것 같아서 이렇게 사모님께 와 주시라고 했습니다.”

“그렇군요, 많이 아프시죠. 그냥 맘껏 우세요.” 희숙은 더 이상 말을 못 하고 그녀에게 다가가 안아주었다. 희숙의 품에 안겨서 오열하며 우는 김 실장은 마치 엄마 품에 안긴 아기가 울듯이 그렇게 한참을 운다.

희숙은 그녀의 등을 어루만지며 속으로 '주님 불쌍한 이 영혼을 붙들어 주시고 위로해 주세요.'

그녀가 먼저 가슴을 떼며 오늘 밤에 아마 그이가 올 것 같으니 자기 옆에 있어 달라고 애원한다.

“하나님은 우리의 모든 걸 알고 계시고 보고 계셔요. 살아계신 하나님을 의지하고 다 맡기세요. 그분이 다 해결해 주십니다. 꼭 예수님 믿으시고 구원받으세요. 이 세상에 하나님 한 분만이 당신을 제일 사랑하셔요. 영원토록 변함없이 당신을 사랑하십니다.” 희숙 본인의 의지와 다르게 위로의 말이 나왔다. 한편에선 어서 이 공간을 빨리 벗어나 나가고만 싶은 생각이 들었기 때문이다.

　그러는 사이 저녁이 왔다.

　느닷없이 현관문 여는 소리가 들린다. 둘이 같이 듣자 김 실장은 다른 옆방으로 희숙을 이끌었다.

　"그이가 왔나 봐요. 사모님! 여기서 문 잠그고 계셔요." 다급히 문을 닫고 나간 그녀가 걱정되었다.

　몇 분 동안 잠잠한 거실에 갑자기 김 실장이 소리를 지르며 울부짖는다.

　"당신은 분명 돌았어요. 내가 말했잖아요. 나 당신 없으면 죽는다고요. 나 죽는 꼴 보고 싶어요?"

　"그래, 어디 죽어 봐! 죽어 봐! 어? 어?" 화를 내며 소릴 지르는 웅국이 뭔가를 바닥에 던지는 것 같다. '챙그랑' '우당탕탕' 그러다 뺨을 때렸는지 김 실장의 비명 소리가 들렸다.

　가만히 숨죽이고 엿듣던 희숙은 어서 나가서 그녀를 구해야 한다는 생각이 간절했고 순간 담대하게 방문을 열고 거실에 들어서니 웅국이 희숙을 보자마자 또 소리를 지른다.

　"어어 여기 또 미친 여자가 왔고만. 여기가 어딘 줄 알고 왔어? 너도 죽고 싶냐?"

　너무 짧은 순간, 아니 찰나였다. 말이 끝나기가 무섭게 김 실장이 주방으로 뛰어 가 새 식칼을, 그것도 날카롭게 보이는 긴 칼을 들고 나오자 웅국은 잽싸게 그녀의 손목을 비틀었다. 칼을 꽉 쥔 손목이 힘없이 부들부들 떨더니 칼을 놓쳐 바닥으로 떨어진다.

희숙이 뛰어 가 그 칼을 주우려 했지만 먼저 김 실장을 넘어뜨린 웅국이 몇 초는 빨리 잡았다. 희숙은 손을 번쩍 들어 웅국의 팔을 이리저리 세게 붙잡아 칼을 뺏고자 안간힘을 썼으나 힘이 센 남자라 그 칼로 실장을 겨냥하여 그녀에게 내리꽂으려는 찰나 어디서 그런 용기가 났는지 순간 희숙은 주저 없이 미처 쓰러져 있는 김 실장 몸 위로 덮치며 엎어졌다.

날카로운 칼끝이 희숙의 등과 둔부에 꽂혔다. 순간 고장 난 수도꼭지처럼 검붉은 피가 바닥에 흥건히 넘친다. 안은 아수라장이 되었다. 그 모습을 본 웅국은 정신이 났는지 소리를 지르며 미친 듯이 뛰어나가 버렸고 "아악! 사람 살려요, 사람 살려요 악! 헉헉, 헉헉 엉엉." 희숙의 몸 아래로 흐르는 피를 보자 자신의 머리를 쥐고 울부짖던 실장이 생각난 듯이 핸드폰을 찾아 벌벌 떨며 119를 불렀다.

희숙은 모든 상황이 거짓말 같았다. 지금 자신이 칼에 찔려 등과 둔부에서 피가 물 쏟듯이 흐르는 걸 희미한 의식으로 알 수 있었다. 점점 세상이 그녀에게서 멀어지는 것 같았다. '이건 분명 꿈이 아닐까'라는 의심이 들었지만, 숨이 쉬어지지 않을 정도의 극심한 통증은 세상에 태어나 처음 겪는 일이었다. 이건 꿈이 아닌 현실이었다.

그녀는 저 멀리 십자가에서 피 흘리고 계시는 예수님의 형상이 점점 자신에게 다가오고 있음을 느꼈다. 양손에 못 박혀 피를 철철 흘리시는 손이 보인다. 가시 면류관을 쓰고 피투성이가 되신 예수님이 보인다. 그녀는 작은 소리로 고백한다.

　　"예수님! 사랑합니다. 예수님! 날 위해 십자가를 지신 주님을 사랑합니다. 저를 받아 주옵소서."

식지 않은 토마토

　　　　　1분에 한 병씩 손바닥을 줄지어 스친다. 찬 시멘트 바닥처럼, 어쩌면 익숙한 통증처럼 끝없는 이별을 시도한다. 이곳은 종일 머리카락 한 올마다 온통 과일 향에 절어 있다.

　2년 전, 인아는 총 직원이 5인 이하인 영세 식품가공업 회사에 자진해 입사했다. 그녀가 하는 일은 1호부터 5호까지 크기가 다른 둥근 유리병에, 자동으로 세팅된 기계에서 사과, 포도 등 과일 잼이 담기면 바로 이어 라벨을 붙이고 온라인으로 판매하는 작업이다. 잠시 한눈이라도 팔게 되면 전체적으로 꼬이는 시스템이라 꼼짝없이 몰입해야 한다.

　이 업체에 입사하기 전, 이름있는 화장품 회사의 연구원으로 있었다. 정신적인 노동을 했던 인아는 쉽고 단순한 활동이 좋았다. 아무 생각이나 고민 없이 몸으로 할 수 있는 일자리를 찾다 식품공장에 취업했고, 몸이 먼저 움직이면 마음이 알아서 따라가는 자연스러움이 좋았다. 대학원 석사 과정까지 마친 인아는 일부러 고졸 학력으로 들어왔고, 비록 육체는 고될지라도 마음은 오히려 개운한 사실이 내내 신기하기만 했다.

일 년의 시간이 훌쩍 흘렀고, 그 사이 팀장이 되었다. 말이 팀장이지 나머지는 대리에 실장, 부장, 사장 등 명함은 하나씩 갖고 있다. 밖에서는 다들 대단한 힘이 있는 줄 안다.

인아는 여느 날처럼 부지런히 일했다. 그런 8월의 말복인 주말이다. 육십의 나이로 턱살이 두터워 줄곧 두껍이 되던 여사장이 늦은 밤에 필시 아무도 모르게 사무실 자동기계 중량 세팅을 다시 했다. 300g, 500g, 1kg을 10%씩 못 미치게 맞춰 놓고 누구에게도 밝히지 않았다. 사장은 평소 지독한 구두쇠라고 소문난 지 오래여서 직원들은 사장과 함께 작업이라도 하는 날엔 수돗물 쓰는 것조차 신경을 써야 했다. 심지어 두루마리 화장지조차 아껴 써야 할 지경이다.

보통 사람은 이 미세한 사실을 저울에 재보지 않는 이상 모를 수밖에 없고, 직원들도 눈치채지 못했지만, 미모화장품 회사의 연구원으로 몇 년을 지낸 인아는 금방 직업적인 눈썰미로 알아챌 수 있다. 감각적인 예리함이 여전히 그의 눈과 손에 남아 있기 때문이다.

인아는 자신의 업무에 회의를 느낀다. 갑자기 10%씩 감량 세팅한 사실이 납득되지 않는 데다가 소비자들에게 그램을 속이면서까지 일하고 싶지 않았다. 인아는 경제적으로 여유가 있는 편이다. 부모가 본인 명의로 마련해 준 25평 되는 아파트에 혼자 살고 있던 처지라서 고민에 빠진다. 사장에게 당장 달려가 직접 따지고 싶었다. '차라리 조용히 방송사에 신고라도 할까? 직원들에게 다 말해버릴까?' 하며 한동안 고민하며 망설였다.

이러지도 저러지도 못하다가 개인 사정이란 구실로 퇴사를 했다. 인아는, 적어도 사람이 산다는 것은 진정 혼자 있을 때라도, 자신의 양심에 전혀 거리낌 없이 살려고 하는 게 당연하다고 생각했다.

물론 이 사회가 원래 투명할 수 없을뿐더러 많은 비리와 유혹이 세상 곳곳에 도사려 있음을 나이 서른을 넘긴 그녀가 모를 리 만무했다. 검은 손을 과감히 뿌리치거나, 받아들이거나 둘 중 하나였을 것이다.

3층 아파트 베란다에 서서 잠시 상념에 잠겼을 때 그녀보다 반년은 일찍 입사한 사루에게서 전화가 왔다.

"언니! 잘 지내? 보고 싶고 궁금해서 전화했어. 갑자기 그만두면 어떡해 정말."

"응, 사루니? 어떻게 잘 지내? 회사는 여전하고?"

"팀장이 없는데 어떻게 잘 지내. 너무한다, 너무해."

"그래, 갑자기 그만둬서 미안하게 생각해."

"인아 언니! 오늘 저녁 퇴근하고 집으로 놀러 가도 될까? 아파트 이름은 모르고 근처 아파트라고만 들어서…. 어디 아파트지?"

"요새 집에 있으니까 와도 돼. 여기가 소야동 자이 아파트 105동 305호야. 회사에서 보이지? 그럼 그때 보자."

인아와 사루는 한 살 차이로 언니 동생처럼 지냈다. 사루의 친모가 샐비어꽃을 좋아해서 딸 이름을 '이사루'라고 지었다고 한다.

사루는 평소 성격이 원만해서 직원들은 그녀를 편하게 대했다. 늘 화장기 없는 얼굴에 수수한 차림을 좋아했다. 사회정의 실현에 대한 그녀만의 남다른 고집이 있는 데다, 자신이 옳다고 생각하는 일은 누가 말려도 꼭 해야 직성이 풀렸고 추진력이 좋았다. 조소과를 나왔다고 했다. 둘 다 무남독녀로 뚜렷한 소신이 있어 좋았고, 취향이 맞아 허물없이 지내온 사이다.

그날 저녁 해거름이 진 거실 창문 틈으로 주홍빛의 그림자가 길게 드리워졌다. 소파에 잠깐 누웠다 잠이 든 인아가 부리나케 일어나 주방으로 향한다. 오픈형으로 화이트와 블랙으로 마무리된 주방의 식탁은 인아의 성격처럼 군더더기 없다. 누구든 앉을 수 있게 아일랜드 식탁으로 꾸며진 흰 대리석의 식탁 위에 네모나게 썬 돼지고기와 신김치 반 대접, 며칠 전 냉장고에 남긴 두부 한 개와 호박을 꺼내 식사 준비를 한다. 김치찌개는 사루가 좋아하는 음식이라 정성껏 준비한다. 밥통엔 아직 남은 밥이 있지만, 덜고서 다시 쌀을 안친다. 밥솥의 추가 바삐 요란

하게 돌아가고 찌개 냄새가 실내에 배였을 무렵 초인종이 울렸
다.

사루는 혹시 몰라 찬거리를 사 왔다며, 핑크색 종량제 봉투
에서 오이며 토마토, 가지, 양파 등을 꺼내 놓는다. 둘은 그제
야 호들갑스럽게 얼싸안고 이게 얼마 만인지 모르겠다며 방방
뛰었다. 평소 조용하던 인아의 집이 두 사람으로 인해 시끌벅
적하다.

"어? 언니! 내가 좋아하는 김치찌개 했어? 역시 언니밖에 없
다."

"만들긴 했는데 맛은 보장 못 해. 많이 먹어."

둘이서 김치찌개와 김치, 계란말이를 놓고 마주 보며 먹다가
생각난 듯 사루가 말을 꺼낸다.

"솔직히 말해봐요. 왜 그만두었는지, 그게 제일 궁금했거든."

"그럼 지금부터 내가 하는 얘기 혼자만 아는 거로 하고 들어
야 해, 약속!"

"그럼! 진짜 비밀로 할게, 말해 봐."

"난, S여대 영어영문학과 대학원을 나와서 유명한 미모화장
품 회사 연구원으로 3년을 근무했었어. 야근도 잦았고 예민하
게 신경을 써야 하는 일이라 몸은 점점 지치고 해서 쉬고 싶었
지. 그러다 현재 제일식품회사에 고졸 학력으로 들어간 거야.
정신적인 스트레스 없이 몸으로 부딪쳐 보고 싶었거든. 물론
급여는 훨씬 적었지만, 나름 괜찮았어! 그런데 사장이 어느 날

기계의 중량 시스템을 각 10%씩 감량해 놓은 걸 알게 됐어. 너도 알잖아. 사장이 평소 지독한 구두쇠란 걸. 근데 기계 입력 시스템을 다시 해놨더라고. 다른 사람은 모를 수밖에 없지만, 예전에 다니던 회사에서 매일 용량 재고 조사했던 나로서는 금방 알 수 있었거든. 그래서 이유인즉 무게를 속이면서까지 돈을 벌고 싶지 않아 퇴사했어."

"엉? 어머나! 그런 일이 있었네. 나는 전혀 몰랐는데, 나뿐 아니라 모두 모르지, 눈으로 어떻게 알 수 있겠어. 와! 듣고 보니 열나네! 열나. 언니! 모르면 모를까 알게 된 이상 더는 일하고 싶지 않아. 나도 서둘러 그만둬야 할까 봐. 누가 알까 봐 겁난다. 진짜 쪽팔린다. 그나저나, 언니는 연구하던 사람이라 알게 된 거고. 언니! 진짜 똑똑하다."

"그럼 그만두고 뭐 할 건데."

"글쎄 맞다. 나한테 좋은 생각이 있는데, 말해 볼까?"

"뭔데? 궁금하다."

"언니네 이 아파트에서 요즘 유행하는 유튜브 방송을 하는 건 어때?"

"무슨 방송?"

"언니처럼 말 못 할 사연이 있거나 속 시원하게 말하고 싶은 사람들에게 장을 열어주는 거야. 근데 우리는 좀 독특하게 하자고."

"음 음, 괜찮은 것 같기도 하고, 사루 씨가 진행할 거야?"

"무슨 소리, 언니가 아는 것도 훨씬 많으니까. 언니가 진행하면 되고, 난 옆에서 스텝으로 같이 도와줄게."

"그럼 방송 이름을 뭐라고 지을 거지?."

"언니! 방금 생각났어. '식지 않은 토마토'는 어때?"

"오! 좋은데, 예를 들면 뭐랄까. '뜨거운 감자' 그런 느낌인 거지?"

처음으로 같이 밥을 먹다 방송 얘기가 나왔다. 집에 돌아간 사루는 그다음 날 바로 사직서를 냈다고 했다. 인아에게 달려와 유튜브 방송을 위해 만반의 준비를 한다. 다행히 적당한 크기의 방이 하나 더 있어서 각종 영상 장비를 거액을 들여 사들였다. 어차피 본인의 집에 차릴 거라 스스로 투자한다고 생각했다. 비록 방이지만 문을 열면 조명 장치부터 BLUE Yeti X 고성능 방송용 마이크와 녹음 편집기, 대형 모니터와 대형 거울 등 제법 모양새를 갖췄다. 그들이 하는 방송은 좀 더 이색적이고 독특하다. 결론부터 말하면 성공한 방송이라고 볼 수 있다.

사람들은 유튜브 방송 '식지 않은 토마토' 채널에 일상의 얘기들을 올린다.

얼굴이 나오기를 원한다면 반은 가려지게 화면 처리해 준다. 음성 변조로 자유롭게 말할 수 있으며 화상 통화로 연결해 개인 방송에 출연한 이에게 직접 말을 건넬 수 있다. 다만, 상대방을 비난하거나 욕설, 비웃음, 거짓 증거는 철저히 배제한다.

참여 방식은 이메일이나 문자, 기타 SNS로 올리면 인아와

사루는 편집이나 각색 없이 다양한 사람들의 이야기를 100%
공개한다. 실상의 민낯을 보여 주면, 듣는 이마다 공감해주거
나 그중 질문 있는 사람이 직접 본인에게 선착순으로 말할 수
있다. 이 프로의 장점은 어디까지나 같이 기뻐하고 슬퍼하며
울어 주는 데 의미가 있다. 여기까지가 '식지 않은 토마토'의 핵
심 내용이다.

첫째 날.

대표전화로 걸려 온 전화를 먼저 사루가 받아 간단하게 신청
사연과 화면에 얼굴과 목소리를 어떻게 처리할지를 논의한다.
싹싹하고 친절한 사루가 고객을 편안하게 응대하여 내심 가슴
을 쓸어내리던 인아에게 적잖이 큰 힘이 되었다.

'식지 않은 토마토' 방송의 첫 출연자는 연세 지긋한 할아버
지로서 교양 있는 어르신이다. 옛날에 고등학교를 졸업했다고
했다. 그는 접수할 때 며느리에 대한 사연이라 말하고 얼굴은
모자이크 처리와 음성변조를 원했다.

"안녕하세요? 우연히 유튜브 방송을 보다가 처음으로 신청
하게 된 올해 여든여섯 살의 할아버집니다. 놀라셨죠? 다름 아
니라 우리 집에는 작년까지 할머니와 며느리 그리고 나, 이렇
게 세 식구가 살았는데, 작년 가을에 내 아내가 하늘나라로 가
게 됐어요. 원인은 생전에 지병이 있어서 몸이 약해 병원에 다
니기도 한데다 하나밖에 없던 아들이 3년 전에, 사고로 먼저
저세상으로 떠난 게 일찍 죽게 된 건지도 몰라요. 둘 다 마음에

묻고 살았는데, 우리 할머니는 나보다 더 힘들어하더군요. 그러다 작년에 홀쩍 가버렸답니다. 이제 시골 우리 집엔 며느리와 나만 사는데, 내가 참 불편하더라고요. 제 딴엔 끼니마다 식사를 챙겨주고 무척이나 내게 잘하는데 아직은 나이가 젊으니 안타까운 게 이만저만이 아니랍니다. 대놓고 말하고 싶은데 어떻게 말을 꺼내야 할지 모르겠고 돈이라도 있으면 턱 허니 내주고 싶은데 그것도 안 되고, 요샌 통 잠을 잘 수 없어요. 그래서 이런 경우 어떻게 해야 하는지 의견을 듣고 싶어요."

"네 감사합니다! 저희 방송에 처음 출연하신 할아버님께 이벤트 선물 보내드립니다. 주소 남겨주시면 댁으로 20㎏ 쌀 한 포대 보내드리겠습니다. 어쩌면 이렇게 말씀을 잘해주실까요? 혹시 의견을 주시고 싶은 분들은 자막에 나갑니다. 이 번호로 참여해 주세요. 참여해 주신 분께는 한 분을 추첨해서 10만 원권 백화점 상품권을 드리겠습니다. 자! 잠시 기다리는 동안 댓글과 알림 신청해 주시고요. 저희 방송 앞으로 많이 사랑해주시길 바랍니다. 방금 시청자 한 분이 문자 남겨주셨네요."

'제 생각엔 두 분이 지금처럼 건강하게 사시면 좋겠어요. 며느리 처지에선 연세 드신 할아버지 혼자 남겨두고 새살림을 시작한다는 게 맘이 편치 않을 겁니다. 일단은 본인의 생각이 어떤지 여쭤는 보셔야겠지요.'

"방금 아주머니 한 분이 저희 방송에 화상 신청하셨습니다. 연결해 보겠습니다."

"안녕하십니까? 전 여수에 사는 허덕순이라고 합니다. 와! 세상에 그런 효부도 없을 것 같구먼요. 이제껏 많이 지쳤을 것 같네요. 그래서 남은 삶은 본인 하고 싶은 것 맘껏 누리면서 살게 놔주셔야 한다고 봅니다."

"네, 두 분이 다른 의견을 말씀해 주셨습니다."

"이쯤에서 다음 분을 모시도록 할게요. 어떤 사연인지 부탁드리겠습니다."

주위엔 아담한 소나무들로 에워싸인 정원이 보인다. 초록의 싱그러운 잔디로 깔린 야외 마당에 한 여인이 밤색 나무 의자에 챙이 넓은 모자를 쓰고 뒤돌아 앉아 있다. 뒷모습은 쓸쓸함이 감돌고 우울해 보인다.

일반적으로 실내 PC 화면이 아닌 실외라 의아했고, 누군가 그녀를 돕고 있는 설정이라 놀라움을 금치 못했다. 더군다나 얼굴의 윤곽이나 몸의 실루엣을 전혀 눈치챌 수 없다. 드디어 가녀린 여인의 목소리가 들린다. 음성 변조를 하지 않은 원래의 사람 음성이다. 아마도 유추하기로는 30대 초반 된 여자일 거라는 생각이 들었고 음색은 특이한 색깔 없이 무미건조한 음성이다.

"여러분 이렇게 뵙게 되어 반갑습니다. 제 얼굴을 보이지 못하는 점은 제 얘기를 듣다 보면 알게 될 겁니다. 지금부터 저의 이야기에 귀 기울여 주시고 진심으로 저를 위로해 주신다면 여러분은 아마 제 주변에 있게 될 겁니다. 지금부터 12년 전에 전한 남자를 사랑했어요. 그가 비록 고아 출신인 데다 친인척이 전혀 없고, 가진 재산이 없었어도 처음에 조건을 보고 좋아한 게 아니라서 저에게 별로 중요하지 않았습니다. 그 남자도 처음엔 저를 무척이나 좋아했고 따랐습니다. 나이가 저보다 5살이나 어렸거든요. 근 1년 동안은 저는 저희 집안 사정을 전혀 말하지 않았어요. 그가 자신도 모르게 비교의식으로 괴로워할 것 같았거든요. 그래서 그는 저를 평범한 여성으로 생각하는 것 같았고 저희 집안이 보통 중산층 가정인 줄만 아는 정도였습니다. 하지만 저는 흔히들 부러워하는 재벌집 외동딸입니다. 현재 보이는 곳은 제가 살았던 전원주택의 정원이에요. 어릴 때부터 이곳에 나와 햇볕을 쐬거나 산책하는 걸 좋아했어요. 아버진 중견회사의 이사로 있으면서 사업체를 서너 개 운영하셨지요. 한마디로 전 그런 아빠의 꿈이었어요. 엄마는 제가 초등학교 4학년 올라갈 무렵 갑작스러운 교통사고로 사망하셨지요. 아빤 그런 제게 가정교사를 많이 붙여 주었어요. 남보다 뭐든 앞서게 만드셨지요. 여러모로 행복해야 할 어린 저는 항상 어머니의 부재로 인해 속으로 많이 외로웠어요. 대학교를 막 졸업하던 날 친구끼리 클럽을 가게 되었는데 거기서 서빙하던 그를 만나게 됐습니다. 그날 유독 많은 손님 때문에 곤혹을 치르던 그가 내가 입은 노란 블라우스에 과일 접시를 엎어버린 겁니다. 그런 계기로 우린 친해졌어요. 자신의 보육원 생활부터 지내 온 얘기들을 아무 거리낌 없이 저에게 해주더군요. 그러다 사랑하는 사이가 되었지요. 저는 어쩌면 그를 제 목숨보다 더 좋아했어요. 그 없이는 살 수 없을 것 같았으니까요. 시간이 흘러 저의 상황을 그에게 알렸던 날 그는 솔직히 자신이 없다며 자기를 잊어달라고 하더군요. 아버지도 분명 반대하실 것 아니냐고. 그때마다 전, 같이 헤쳐 나가자고, 난 변함없으니 제발 떠나지 말라고 했어요. 그런 일로 번번이 다투기도 하다가 화해하고 우린 어쩔 수 없는 연인이더라고요. 어느 날 아빠와 약속하고 그를 집에 초대하게 됐어요. 그가 초라하지 않도록 그 전날 양복이며 기타 필요한 것을 다 준비해 주고 왔답니다. 아버진 당연히 반대했습니다. 전 그와 결혼하지 못하면 죽을 거라고 협박도 하고 음식을 전혀 입에 대지 않는 거로 시위도 했어요. 그러기를 한 달 가까이 되자 어쩐 일인지 아버지가 저를 따로 부르시더군요. 여타 다른 말은 전혀 없이 허락했습니다. 저는 그제야 살 것 같았고 그가 사는 자췻집에 종종 보러 갔었는데, 하루는 새벽에, 그날따라 이상하게 잠자다 말고 아직 깜깜한 새벽 이른 시간에 그의 집에 가 보고 싶은 거예요. 속으로 이상한 생각이 들면서도 마치 꼭 가야만 하는 절박감이 있었어요. 그의 집 앞에서 순간 입을 다물지 못했습니다. 그의 자췻집이 불에 훨훨 타는 걸 목격했으니까요. 정신이 아찔했습니다. 하필이면 휴대전화도 놓고 나와서 119에 전화할 틈도 없

　　　　　　　　　　　　　　식지 않은 토마토

었어요. 정신없이 불붙은 방문 사이로 뛰어갔습니다. 아무것도 모른 채 잠에 취한 그를 흔들며 구해내려다 순간 검붉은 화마가 제 얼굴에 떨어졌어요. '으악' 소리를 지르며 그에게 밖으로 나가라고 소리쳤어요. 그는 일단 나가야 했고 제게 붙은 불을 떼려면 제가 움직여야 했어요. 전 그 자리에서 죽었습니다. 제 영혼은 얼굴이 일그러져 죽은 저를, 순간 몸에서 빠져나와 위에서 아래로 내려다보고 있었어요. 어릴 적에, 교회 권사님이던 외할머니가 기도하시는 걸 따라서 배운 저는 다급하게 '주님 제 영혼을 품어 주시고 거두어 주세요. 불에 타 죽는 게 이리 끔찍한 것을 누가 상상이나 할 수 있을까요. 빨리 이 죽음의 고통에서 건져주세요. 주님은 왜 나를 위해 죽으셨나요. 존귀와 영광, 당신의 모든 것보다 날 더 사랑하셔서 그 무서운 십자가 고통을, 이렇게 초라한 나를 위해 참으셨나요?' 전, 죽음 앞에서 예수님을 불렀습니다. 그리고 전 알고 싶었고 알아야 했습니다. 현목 씨와의 결혼을 결사코 반대하시던 아버지가 왜 갑자기 태도를 바꿔 결혼을 허락하셨는지. 그리고 사흘 후에 느닷없이 왜 그의 집에 불이 났는지를 알아야 했어요. 그래서 전, 종종 제가 살던 집 정원에 앉아 있다 가곤 합니다. 여기에 앉아 있으면 설레던 사랑의 감정이 살아나고, 아직도 제가 살아있는 완전한 생명체로 느껴집니다. 여러분이 보시는 것은 저의 신념과 굳어진 기억의 세포들이 형상화되어 나타난 일종의 무의식의 잔재라고 보시면 됩니다. 기억의 한 페이지에 한때

뜨겁게 사랑했던 열정이 점점 뭉쳐지고 뭉쳐져 결국은 시간과 결속되었고, 지금 보이는 현상으로 있다고 보시면 됩니다.

비록 12년 전의 일이고 전 실제 존재하지 않는 형상이지만, 제 얘기를 듣는 분들의 심정을 알고 싶어 첫 방송에 출연했습니다.

정말 세상에는 진실한 사랑이 존재는 하는 걸까요. 사랑이란 말을 그리 쉽게 남발하면서 그에 대한 책임을 질 수 있는지를 묻고 싶어요. 만약 자식을 진정 사랑한다면 자식이 기뻐하고 좋아하는 일을 맘대로 가로챌 수 있는 걸까요. 어떠셨나요? 제가 듣겠습니다."

그녀는 여기까지 얘기하고서 침묵을 지킨다. 듣는 이 모두 아무 말도 할 수 없었다. 아니 솔직히 말하면 입이 안 떨어진다고 해야 할까. 이게 과연 가능한 일일까.

순간 인아와 사루는 서로 입을 다물지 못하고 마주 보며 고개를 흔든다. 인아 역시 놀란 마음에 작동 키를 제대로 누르지 못해 엉뚱한 걸 눌러 버렸다. 순간 화면이 흑백텔레비전의 화면처럼 되고 만다. '지지직 지지직' 급히 전원을 껐다.

첫 회의 '식지 않은 토마토' 방송이 나가자 입소문을 타고 며칠 사이에 세계적으로 만 단위의 사람들이 '구독'과 '알림' '신청' '좋아요'를 끊임없이 눌렀다. 세간에 대단한 관심으로 화제를 뿌렸다.

댓글에는 다양한 의견이 올라왔다. 12년 전에 죽은 사람이 방송 출연한다는 것은 상술이라는 사람과 자기 목숨보다 남자를 더 사랑해서 불에 타 죽었다, 다음 방송이 기대된다는 둥 읽어 내려가기 바빴다.

어제는 SSMN, KTRT 텔레비전에서 방송 출연 요청도 받았다. 사루와 인아는 그 방송 이후로 손을 놓고 있다. 당시 충격에서 벗어나지 못했을뿐더러 앞으로 진행을 어떤 방식으로 해야 할지 알 수 없었기 때문이다.

둘의 의견 조율이 필요한 시점이라 며칠째 사루는 인아의 집에 기거하며 첫 방송을 본 많은 이들의 댓글을 살펴보기도 했다.

어제부터 그들은 자료 조사에 들어갔다. 어쩐지 그녀의 말이 사실일 거라는 확신이 들었고. 더 자세히 알기 위해서는 먼저 기초 자료가 필요했다. 12년 전에 불에 타 사망한 재벌 외동딸이 있는지부터 알아야 해서 지인의 신문 기자에게 알아봐 달라고 어제 부탁을 해놨다.

점심을 동네 중화요릿집에 배달시킨 짜장면을 먹으려고 하는 찰나에 기자에게서 드디어 연락이 왔다.

"네! 한 기자님! 고맙습니다. 잠시만요. 펜을 가져올게요. 네, 불러주세요. 네, 네. 강원도에요? 알려 주신 주소로 찾아가면 알 수 있다고요? 아. 그럼 그분은 어떤 사람인데요. 예. 예. 그 여자 아버지 바로 친누나라고요. 고생하셨습니다. 제가 언제 식사 대접할게요. 정말 고맙습니다. 안녕히 계세요." 전화를 받는 사이 짜장면은 불었어도 인아와 사루는 어려운 수학 문제 하나를 푼 기분이 들었다.

다음날 오후에 강원도의 평행리를 목적지로 서울을 벗어났다. 평일인데도, 인아가 작년 이맘때쯤 중고로 샀던 모하비는 맘껏 달리지 못했다. 기자가 알려 준 주소지까지 도착하니 해가 기울기 직전이었고, 인아와 사루는 어떻게든 이 문제의 연결고리를 찾아야 방송을 할 수 있다고 생각했다.

내비게이션은 고객님이 찾으시는 목적지에 도착했다고 아까부터 반복했으나, 그들이 내린 곳은 1차선 도로에서 폭이 1m밖에 안 되는 산길로 난, 길 하나만 있는 곳이다. 주위를 둘러봐도 사람은 아무도 없고 집 한 채 보이지 않았다.

"인아 언니! 분명 이곳이 도착지로 나오는데 아무것도 없네."

"우리 한 번 이 산길로 가 보자. 어차피 갈 수 있는 길은 이 길밖에 없으니까 갈 거지?"

"그럼. 그렇게 해야지. 잠시 기다려봐요. 손전등 하나 갖고 가자고."

"맞다. 너랑 있으니 그래도 맘이 좀 놓여."

그들은 아무것도, 아무런 흔적도 보이지 않는 산골 좁은 길에 들어섰다. 500여 미터는 걸어갔나 보다. 아담한 기와집 한 채가 보인다. 집 가까이 다다르자 갑자기 '컹컹' '컹컹' 시끄럽게 개 짖는 소리가 들린다. 시골스럽게 마당 한 편에는 기와로 지붕을 만든 개집과 허름한 닭장이 보인다. 개집 앞에 목줄을 한 누렁이가 나와서 잔뜩 경계하는 기세로 짖어대니, 시끄러웠는지 허리가 구부정한 할머니 한 분이 방문을 삐걱 열고 나와 말한다.

"뉘시오? 내가 귀가 좀 먹어서 잘 못 들어. 어디서 왜 왔수?"라고 말하는 중에도 계속하여 목청껏 개가 짖었다. 할머닌 안 되겠는지 부랴부랴 마당으로 나와 누렁이 곁으로 다가간다.

"동이야! 그만 혀라. 괜찮여 괜찮여, 오메! 우리 이쁜 것 조용히 혀. 쉿!" 목을 뒤로 힘껏 젖히고 할머니만 바라보는 누렁이를 손으로 쓰다듬자 그제야 안심이 됐는지 조용해졌다.

"네. 안녕하세요? 혹시 안우람 씨를 알고 계십니까?"

"뭐라고? 크게 천천히 말해 봐."

"네! 아안우라암 씨이를 아알고오 계에세에요?"

"으응 아안우라암 저기 내 친남동생이지, 근데 왜 물어?"

"아주 오오래에 전에 아안 우우라암 씨의 따아님이 도오라가셨나요?"

"무라고?"

"치인 나암도웅새앵 따아리 도오라가아셨어어요?"

"어어. 그랴그랴. 그때에 딸이라고 하나 있는 게 제 아버지보다 더 일찍 가버렸어. 아이고 우리 동상 불쌍해서 어쩌면 좋나."

"근데 왜 돌아가셨는지 여쭤봐도 될까요?"

"갸가 불난 데를 가서 그렇게 돼버렸어. 근디 어디서들 왔는
겨? 왜 자꾸 물어봐."

"그냥 아는 사람인데요. 못 본 지가 오래돼서요. 찾으려면 어
디로 가야 하는지 여쭤보려고 왔어요."

"으음 그랴?"

"근데 하알머어니! 개애 이름이 도옹이에요? 너어무 이뻐
요."

"이뻐? 암. 이쁘지, 요놈은 내 자식이나 마찬가지여. 야가 하
늘에서 눈이 시허옇게 내리던 날 태어났잖어 추운 겨울에, 그
리서 야 이름이 동이여."

"예에, 그러세요."

"남동생분은 사업을 아주 크게 많이 하셨잖아요. 지금도 하
고 계실까요?"

그 말끝에 할머니의 주름진 얼굴이 더 깊어만 보인다. 무척
상심해 보인다. 귀가 먹어 잘 못 들으시는 할머님이 웬일인지
사루가 건넨 말을 알아들으신 모양이다.

"인자 밤이 되려는가 보네. 여기 있지덜 말고 어여 들어와 남
보기엔 누추해 보여도 우리 집이 최고인 거여. 어서어서 들어
와." 산속이라 그런지 저녁 공기가 매우 차다. 그러잖아도 내심
따뜻한 방 안에 들어가고 싶었던 인아는 말을 건넨다.

"할머님! 오늘 하룻밤만 저희 재워주서도 될까요? 이 근방에
마땅히 방 잡을 곳이 없네요. 숙박비를 드릴게요."

식지 않은 토마토

"네 맞아요. 저흰 갈 데가 없습니다. 후유!" 사루가 덧붙인다.

"그랴 그랴 자고 가. 아가씨들 오기 전에 불을 한 번 때놔서 따술 거여. 단칸방이라 이 늙은이랑 자야 허는디 암시랑 안 컸어?"

"별말씀을 다 하세요. 저희는 감사할 뿐입니다."

방 안은 제법 널찍하고 아늑하다. 시골 할머니답게 한쪽 구석 이불 밑으로 밥공기를 묻어 놓으셨고 방문 위쪽에는 검은 천을 덮은 콩나물시루와 빨간 소쿠리 안에 담긴 찐 감자 몇 알도 보인다.

막판 여름의 열기가 사라질 무렵의 초가을이지만 산속은 벌써 알싸한 추위에 젖어 든다. 늘 혼자 계시던 할머니는 뜻밖의 젊은 처자들 방문이 무척 반가운 모양이다.

부엌으로 나가시더니 둥그런 알루미늄 상 한가득 익은 김치며, 나물 장아찌, 콩나물무침과 보글보글 끓는 청국장을 뚝배기에 담아오셨다.

"오늘은 우째 밥이 두 공기가 남았다냐 참말로 희한하다고 했넌디 마치 맞게, 잘 오셨구먼. 밥이 쪼깨 모자라면 여기 감자도 있응게 맘껏들 먹어. 이것이 달포 전에 캤던 햇감자여, 얼매나 꼬소한지 몰러." 할머니는 큰 사발에 쪄서 담아 둔 포슬포슬한 감자 별식도 내어놓고, 이불 밑에 묻어둔 밥공기 두 개를 꺼낸다. 다행히 저녁을 먹을 수 있었다. 모처럼 포근한 시골집 정

취에 잠겨 들었다.

저녁 7시가 다 되어 식사했다. 온돌방은 뜨끈뜨끈했고 온갖 반찬은 정갈하고 자극적이지 않아 청국장에 밥을 말아 깔끔하게 다 비워냈다. 태양열로 자가발전시켜 전기를 쓰고 있던 터라 그나마 밥솥이며 작은 냉장고, TV를 볼 수 있었다.

연신 할머니는 밑으로 하나밖에 없는 남동생 자랑을 하신다. 전기도 쓸 수 없었지만, 이것저것 신경을 많이 써 줘서 지금은 편히 살고 있다고 몇 번이나 말씀하신다.

"내 동상 안 사장이 작년, 그러니께 진달래가 산에 엄청 흐드러지게 폈을 때 간암으로 천국에 갔지. 생전에 동상이 자식처럼 돌봐준 고아들이 참 많았당게, 또 서울에 아주 큰 이름이 뭣이다냐, 아무튼 큰 교회 장로님으로 일을 많이 하더라고. 나한테도 성경책을 한 권 사줬는데 가끔씩 읽어보고 있당게. 요사이 그래 보고 싶더니만, 자네들이 올라고 그랬는가 비네. 이 시상에 참말로 우리 동상 보고 싶네."

"두 분이 무척 우애가 좋으셨나 봐요."

"그럴 수밖에 없제. 천하에 피붙이라고는 우리 둘 밖에 없었거덩, 더군다나 부모님이 일찍 돌아가시는 바람에 얼매나 고생을 많이 혔는지 몰러 그지만서도 자수성가혀서 큰 회사 사장이 되고 말았당게. 암! 훌륭하고 말고."

"그러셨어요? 사모님은 어떻게 되셨는데요."

"뭣도 모르는 사람들이 동상이 여자 돈 보고 결혼했네! 어쩌네 해도 그건 모르는 소리여. 회사 무남독녀 외동딸인디 다 쓰러져 가는 회사를 그 집 사우, 그니께 동상이 밤이나 낮이나 이리 뛰고 저리 뛰어서 살려냈거덩, 진짜 몸땡이 애끼지 않고 헌신혀서 그만큼 이뤄놓은 거여. 근디 말여 뭣이다냐, 그 장인의 조카뻘 되는 사람이 지그들 회사와 합병하기를 원했나 보더라고, 동상은 이즉껏 마, 본인이 죽을 똥 살 똥 살려 놓은 회사니께, 얼매나 아깝겄어. 혼자 힘으로 일궈 가길 원했나 보더라고, 끝까지 반대한다고 그넘들에게 맷 번이나 괴롭힘당했다면서 하소연을 허더라고, 또 언젠가는 늦은 밤에 동상에게 전화를 헌 모양이여. 끝까지 거절하면 안 좋은 꼴 보게 될 거라고. 지들이 막 소리 지르고 난리를 치더니 전화를 뚝 끊어 버렸대. 정말 그넘들이 우리 이쁜 동상 딸래미를 죽게 헌 건지 누가 아냐고."

할머닌 오랜만에 말을 많이 해 목이 잠긴다고 한다. 한쪽 벽에 기대앉아 계시다가 스르르 누워 주무신다. 어느새 밤이 깊어 12시가 넘었다. 인아와 사루도 이불을 펴고 자리에 누웠다.

그다음 날, 걸어갔던 길을 다시 걸어 나와 도로변에 세워둔 모하비를 몰고 늦은 오후가 되어 집으로 돌아왔다.

유튜브 방송을 시작했으나 처음의 의지와는 달리 탐정이 되어 갔다. 더 나아가 사루는 형사 같다고도 했다.

녹화해 둔 CD를 반복해서 본다. 한순간 정원 너머의 도로

편 간판이 아주 작게, 그것도 10여 초 보이는 걸 알았다. '좋은 우리 카페'라는 목판에 새긴 가게 이름이다.

포털 검색창에 그 이름을 찾아보니 두 군데가 나온다. 서울 강서구에 있는 카페와 부산에 있는 카페가 화면에 뜬다. 사루와 인아는 서둘러 카페 주소로 달려갔다.

강원도에서 서울에 오자마자 두어 시간 후에 다시 강서구의 주택단지 앞까지 오게 되었다. 둘의 심장이 떨리기 시작한다. 카페의 입구 쪽에 앉아 대각선으로 올려다보니 호화로운 단독주택이 있고 화면에 비친 정원이 보인다. 빙 둘러 심어진 아담한 소나무들, 잘 꾸며 놓은 모습이 똑같다. 얼어붙은 듯 저녁 늦은 시간까지 그곳을 바라보다 돌아왔다.

다음 날 아침 일찍 어제 갔던 카페에 죽치고 앉아 사루와 인아는 정원을 지켜보고 있었다. 한 자리에 오래 있는 게 미안해 마시지도 않는 커피를 몇 번이나 주문해야 했다. 다행히 샌드위치 종류도 있어 아침 겸 점심을 두툼한 샌드위치로 먹었다.

"언니! 저기 좀 봐요. 방금 정원 쪽으로 그 여자가 걸어가고 있어."

"어디? 정말이네."

둘은 재빨리 계산할 사이도 없이, 만 원짜리 지폐 두 장을 테이블에 던져 놓고 길 건너편 정원 쪽으로 가까이 다가섰다. 도로보다 3m 정도 높은 위치에 정원이 있다. 잠시 후 검은색 챙이 넓은 모자로 얼굴을 가린 키 큰 여자가 방송에서 봤던 짙은

황토색 개량한복을 입고서 그들 쪽을 향해 의자에 앉아 있다. 뒤편엔 학생 같은 남자가 핸드폰으로 동영상을 찍는다.

사루와 인아는 똑똑히 보았다. 그녀가 말로는 죽은 사람처럼 자신을 말했으나, 여전히 존재하는 사람이고, 살아 숨 쉬는 인간이었다.

"인아 언니! 오늘은 저 두 사람을 조용히 미행해야죠?"

"응, 나도 그 생각하고 있었어."

아마 그들의 방송에 보낼 녹화본을 미리 찍는 모양이다. 소리는 들리지 않지만, 여전히 여자는 자리에 앉아 있고, 가끔은 먼 허공을 응시한다.

왜 12년 전의 일을 다시 꺼낸단 말인가. 여자의 아버진 작년에 사망했고, 그 여자는 원인을 은근히 아버지에게 떠넘기고 있음을 안다. 친누나에게 들은 아버지의 성품으로 봐서는 전혀 있을 수 없는 일이다. 잠시 의문을 품고 있던 사이, 여자와 남자가 차고로 가고 있다. 출입구에서 차가 나오길 기다린다.

주택은 아치형으로 된 철제 대문이라 안의 모습이 대충 눈에 들어왔다. 검은 제네시스 차량이 빠져나간다. 둘은 몇십 미터 간격을 두고 눈에 띄지 않게 미행한다. 한 시간여를 달렸을까. 복잡한 시내를 벗어나 한적한 길로 달린다. 그들이 멈춘 곳은 한 대형마트다. 잠시 멈춰 주차한다. 장을 보려고 간 것 같다. 다시 기다림의 시간이다. 아까부터 연신 배고프다고 한 사루가 얼른 김밥이라도 먹자며 길옆의 가까운 가게로 뛰어갔을 때 갑자기 쫓던 차가 다시 움직인다. 사루를 기다릴 수 없었다. 인아는 지금 빨리 택시로 따라오라고 사루에게 전화를 걸었다.

그들은 인천 방향으로 가고 있었고 뒤를 보니 멀리 사루가 인아의 차를 따라오고 있다. 한참을 달렸다. 인천 월미도 근방의 주택가에서 그들은 멈췄다. 아마 모자의 사이로 보인다. 주택가의 차고에 차를 주차하더니 회색 건물의 단독 이층집 안으로 들어간다.

시계는 저녁 아홉 시를 가리키고 있었고 인아는 그 집의 주소를 찍었다. 뒤이어 택시를 타고 따라오던 사루도 내린다. 둘은 인아의 차 안에서 사루가 사 온 김밥을 먹으며 인근의 부동산 중개사무소에 찾아가 보자고 했다. 혹시라도 어떤 사람들인지 알아볼 필요가 있었다.

"안녕하세요? 혹시 이 집을 내놓았는지 알고 싶어서 왔어요." 인아가 쪽지를 내밀었다.

"네, 이쪽으로 앉으시죠. 주소가 어딥니까?"

연세 있으신 아주머니가 자리에서 일어나 반갑게 맞이한다. 장부를 뒤적이더니 내놓은 집이 아니라고 한다.

"그래요? 모르고 잘못 알려준 것 같아요. 그럼 혹시 그 집에 누가 살고 있어요?"

"주소 좀 다시 말해봐요. 그럼, 요 집인데, 아아! 회색으로 된 이층집 맞지요?"

"네, 맞아요."

"작년에 잠시 판다고 하더니 다시 살겠다고 한 집이라 알고 있어요. 사오십 된 아주머니와 아들이 살고 있거든요. 들리는 말로는 그 엄마가 일란성 쌍둥이라고 하더라고요. 아는 사람만 아는 일인데 여자 쌍둥이 한 사람이 불에 타서 죽었다네요. 아주 오래전 일이에요. 근데 죽기 전까지 둘이 같은 자매인지를 전혀 몰랐나 보더라고요. 너무 불쌍해요. 이층집 남편 되는 사람이 갓 태어난 갓난아이와 애 엄마를 버리고, 세상에나, 자기랑 똑같이 생긴 쌍둥이 여자를 사귀더니 결혼 승낙까지 받았대요. 결혼할 여자네 집이 완전 재벌이었다잖아요. 그 장인 될 사람이 회사를 여러 개 운영했다고 했는데 회사 이름은 모르겠고, 아무튼 사람들 말로는 이층집 여자가 나중에 이 사실을 알고 남자네 집에 불을 질렀다네요. 근데, 참 세상이 좁다니까요. 여자가 숨어서 보고 있자니 자기랑 똑같이 생긴 여자가 불난 집에 정신없이 뛰어가더래요. 그때 잠자다 아무것도 모르고 죽을 뻔했던 남자는 자기 대신 죽은 동생 때문에 살아서 도망쳤고, 그 집에 들어갔던 일란성 쌍둥이 즉, 동생은 얼굴에 큰 불덩이가 떨어지는 바람에 죽었다잖아요. 세상에 비밀은 없다니까요. 그래서 그 엄마가 원래 감옥에 갈 뻔했는데 죽은 여자네 아버지가, 내내 같은 친아버지가 돈으로 빼줬다고 하더라고요. 참, 그 집도 알고 보면 사연이 복잡해요. 아버지가 결혼 전, 젊었을 때 사귀던 애인이 있었는데 사귀던 여자는 고아로 자라

나 가진 게 없었나 봐요. 덜컥 임신이 된 상태에서 애인이던 남자는 큰 회사 사장 딸을 알게 됐고 결국 사장 딸과 결혼해서 살았는데 여자 쪽이 불임이라 아이가 없었대요. 그러다가 옛날 애인이 출산을 했고, 일란성 여아 쌍둥이를 낳았던 거죠. 어느 날 배신한 남자가 찾아와서 아이를 한 명 데려다 키운 거예요. 서로가 죽을 때까지 절대 비밀로 하기로 했으니 당연히 자매가 있다는 사실도 몰랐겠죠. 인과응보(因果應報)라니까요. 결국은 쌍둥이 자매에게 마치 친아버지가 고아였던 친엄마에게 한 짓을 그대로 한 남자가 따라 한 꼴이 되고 말았으니까요. 그러다가 사고가 난 날, 딸이 배신감에 남자를 죽이려고 남자네 집에 불을 질렀는데, 엉뚱하게도 자기 친동생을 죽게 만든 거예요. 들리는 말로는 아직도 도망간 남자를 찾아다니고 있다나 봐요. 어쨌든 아들의 아버지 되는 사람이니 만나게 해 주려는 것이었는지도 모르지요. 내막을 알고 보면 그 엄마도 참 불쌍해요. 혼자서 아들을 키웠잖아요. 날마다 새벽이면 근처에 있는 교회를 나간대요. 자신이 진 죄를 아직도 후회하고 참회하며 산 다네요. 옛날에 자기를 배신했던 남편을 지금껏 찾나 보더라고요. 참 대단하지요. 다행히 아들은 바르게 컸어요. 예의도 발라서 인사성이 얼마나 좋은지 몰라요. 하루에 열 번을 보면 열 번을 꼬박꼬박 인사할 정도예요. 제 생각은 그래요. 어차피 세월이 이렇게 많이 흘렀으니 미우나 고우나 아들의 아버지 되는 남자를 만나서 다시 잘 살면 좋겠어요.”

인아와 사루는 시간 가는 줄 모르고 부동산 중개사무소 아주머니의 얘기에 빠져들었다. 이제야 이유를 찾게 된 것이다.

인아는 지난 주일 3부 예배 때 들은 설교 말씀 본문이 떠올랐다.

'너희가 사람의 잘못을 용서하면 너희 하늘 아버지께서도 너희 잘못을 용서하시려니와 너희가 사람의 잘못을 용서하지 아니하면 너희 아버지께서도 너희 잘못을 용서하지 아니하시리라 마태복음6:14~15절'

어느 날 그 여자가 느닷없이 그들의 방송에 12년 전 동생이 불에 타 죽은 일을 상기시켜 노출시킨 것은 그 당시 불난 집에서 혼자만 도망친 남자를 찾으려고 한 것이었다. 그녀는 다시 '식지 않은 토마토' 방송에 출연할 것이다. 자신의 잃어버린 애인이자 남편이요 아들의 아버지 되는 사람을 반드시 찾을 때까지.

바람이 사는 숲

눈을 떴다. 호흡이 가쁘고 숨이 차다. 분명 눈을 떴는데도 주위는 깜깜하다. 애초에 세상에 빛이란 게 없었던 것일까? 칠흑같은 어둠의 무게가 얼굴을 덮치고 온몸을 내리누르는 것만 같다. 그녀 자신이 반듯하게 목관에 누워 있음을 깨달았을 때 수연은 꿈을 꾸는지 몰라 빨리 꿈에서 깨어나려고. 여러 번 힘주어 눈을 감았다 뜨기를 반복했다. 하지만, 실제상황이다. 입을 벌려 '아악!' '아악!' '살. 려. 주. 세. 요.' 온몸을 쥐어짜듯 소리를 질러댄다. 하지만, 소리는 밖으로 더는 나가지 못하고 관 안에서 둔탁하게 맥없이 가라앉는다.

수연의 몸 사이즈에 맞게 땅속에, 그것도 살아 있는 채로 매장당했다는 걸 깨달았다. 한 치의 여유가 없도록 양팔이 나무 관에 밀착된 곳에서, 천천히 무거운 오른팔과 왼팔을 끄집어내어 20여 센티미터 위의 목판을 황급히 두드린다.

나무판의 벌어진 틈새로 축축한 흙이 그녀의 두 눈과 코, 얼굴 위로 떨어진다. 금방이라도 질식할 것 같다. 그럴수록 살아야 한다. 땅 밑, 얼마나 깊은 곳인지 모르지만, 산소를 아껴야 한다고 생각했다. 목이 쉬도록 소리 지르는 일을 멈추고 손등과 손바닥, 주먹을 돌아가며 팔이 아프도록 두들겼다. 손등이 여기저기 찢기고 터졌는지 피가 났다.

붉은 피는 이마에 똑똑 떨어지다가 가슴께로 가느다랗게 흔들리듯 흘렀다. 그런 와중에 번뜩 기억이 났다.

약혼자인 인수와 오랜만에 칵테일을 마셨었다. 드라이 진, 캄파리, 스위트 베르무트를 글래스에 따르고 얼음을 넣어 오렌지 슬라이스로 장식한 네그로니다. 붉은색의 농밀한 맛이 있었다.

둘은 지인의 소개로 만나 1년 정도 교제하다 보름 전 서울 신라호텔에서 약혼했고, 중국과 일본에 해외 브랜드 하이주얼리 브랜드 매장 오픈을 계획하던 중이었다. 약혼자인 인수와 수연은 눈코 뜰 새 없이 바빴지만, 그날은 일주일에 한 번의 만남을 위해 비워 둔 날이라 들뜬 오전이었던 게 또렷이 생각났다. 어차피 결혼할 사이인데다 그녀의 결혼 자금 반은 그에게 건네진 후였다. 아무래도 자금이 필요한 시점에서 그가 먼저 도움을 청했을 때 수연은 기꺼이 11억을 건네줬다. 아무런 의심이나 걱정 없이 주었다. 그동안 인수는 나름대로 약혼녀에게 최선을 다해 노력한다고 몇 번이나 언급한 일이 있었고, 그녀

식지 않은 토마토

의 생일과 기념일은 누가 봐도 통 큰 이벤트를 해 주곤 했었다.

작년 봄, 그녀의 생일이었다. 자신조차도 생일이었는지 잊고 지낸 하루였다. 혼자 사는 오피스텔에 들어가려는 찰나, 경비 아저씨가 급히 달려와 그녀를 불렀다.

"저기, 501호 한수연 씨 맞으시죠? 경비실에 잠시 와보세요. 말쑥한 남자분이, 아마 선물인가 봅니다. 오늘 무슨 날이에요? 박스가 어마어마하게 쌓여 있어서 옮기기에도 힘드실 것 같습니다만 제가 같이 들어 드리지요."

도대체 무슨 얘긴지 눈만 껌뻑껌뻑하던 그녀를 이끌고 간 경비실 안이 온통 포장 박스와 기타 다양한 모양의 상자들로 높다랗게 포개어 있고, 경비실의 낡은 원목 책상 위에는 몸통이 아주 큰 붉은 장미 꽃다발이 놓여 있다. 대충 보아도 이백여 송이는 됨 직하다. 5층까지는 엘리베이터로 너덧 번이나 짐을 날라야 했다. 수연은 수더분한 중년의 경비 아저씨에게 수고비로 음료수라도 드시라며 결코 안 받겠다고 했지만, 이만 원을 주머니에 넣어주었다. 그날 저녁은 밥 먹는 것도 거른 채 꼬박 두 시간 동안 박스를 뜯었다.

인수와 둘이 쇼핑하다가 그녀가 무심코 예쁘다고 했던 가방, 진열장에 걸린 백팩부터, 입으면 날씬해 보일 것 같다고 말했던 백화점의 검은색 주름 원피스까지, 툭 던진 사소한 말까지 인수는 놓치지 않고 언제 그녀 몰래 준비했다. 그녀는 그날 저녁에 펑펑 울었다. 무얼 받아서라기보다 한 나라의 공주 같이 그녀에게 정성을 다하는 인수가 고마웠다. 남들이 보면 낭비 아니냐고 할 만큼 한 무더기 쌓인 선물 상자와 쇼핑백, 박스까지 바라보고 있으려니 속에서부터 울컥한 울음이 치고 올라옴을 느낀다. 오늘의 감동을 잊지 말자고 스스로 다짐했다.

  하필 그날은 큰 말다툼이 있었다. 꼭 그녀와 상의해야 하는 일 처리에 인수가 혼자 결정을 내린 적이 몇 번 있던 차에 그간 잘 참았던 수연은 끝내 폭발했다. 인수는 잠시 머뭇거리다 큰 결심을 한 듯이 말을 꺼냈다.

  "수연아! 네게 말은 못 했었는데 나에게 줬던 사업 자금 중 일부가 H해외건설 투자개발사업에 들어가 있어."

  "인수 씨! 뭐라고 했어? 얼마나 되는데, 왜 나와 상의 없이 혼자 멋대로 일을 벌이는 거야. 오빠한테 건네준 건 내 결혼 자금이자 내가 가진 전부라고." 수연은 손이 부르르 떨리는 걸 차마 참으며 순간 소리를 버럭 질렀다.

  "그게, 말이야! 대략 6억쯤 돼, 지금은 별 볼 일 없어 보여도 내 자산관리사가 이번 주만 지켜보면 주식도 급등세로 오를 거라서 손실은 전혀 없을 거라고 하니까 괜찮을 거야. 적어도 두 배는 불려놓을게 걱정하지 마."

  "그 말을 어떻게 믿지? 응? 일전에도 말없이 뭐야, 그 이상한 투자 명목으로 나한테 벌써 세 번이나 돈을 가져가고 안 줘서 내가 메꾸느라 얼마나 힘들었는지 몰라. 더는 오빠하고 말하고

식지 않은 토마토

싶지 않아. 그 돈을 다시 나한테 넘겨줘."

일찍이 부동산으로 부를 쌓아 온 친부에게 부탁하여 인수 대신 수천만 원을 물어냈던 게 아픔처럼 몰려왔다. 수연은 답답한 마음에 벌떡 일어나 여자 화장실 팻말이 보이는 호텔 모퉁이 쪽을 돌아보고는 재빨리 걸어간다. 화장실 파우더 룸에 아치형으로 길게 걸린 거울 앞에는 옅은 카키색 투피스의 낯익은 여자가 서 있다. 그녀는 과연 인수와 결혼까지 갈 수 있을는지 의구심이 들었다. 지금이라도 파혼을 하는 게 가장 현명한 방법일지 모른다는 생각도 들었다.

화장실에 들렀다가 자리에 돌아왔다. 블랙 펄의 넥타이에 진회색 줄무늬 수트를 입은 그가 보이지 않았다. 자리에 앉아 조금 전에 마시던 칵테일을 한 모금 마셨고 느닷없이 순간 잠이 몰려왔다. 그 이후 자신의 행동이 기억나지 않았다.

이 어둡고 눅눅하여 답답한 곳에서 자신의 처한 상황을 아무도 모른 채 죽어가야 하는 처지가 도저히 용납되지 않았다. 그녀는 철저히 혼자였다. 몇 시나 되었을까. 뱃속은 연신 꼬르륵 소리를 내며 배고픔이 밀려온다. 눈 떴을 때부터 목이 마르다. 입안의 침이라도 있다면 좋으련만 입천장과 입술은 비가 한 번도 온 적 없는 메마른 사막과 같았다. 그녀는 다시 다른 기억의 한 자락을 잡는다.

일주일 전에 인수의 집, 레미안 아파트에 갔다. 서른다섯 번째 그의 생일이라서 예약한 일식당에 갔다. 코스 요리를 먹은 후 차를 마시러 갔고, 그가 기르는 고양이 두 마리 '달이'와 '별이'가 보이지 않아 그에게 물었다.

"인수 씨! 오늘은 왜, 달이와 별이가 없어? 보고 싶었는데."

"아, 그 그건, 우리 둘만의 오붓한 시간을 즐기려고 잠깐 옆 동 아는 형에게 맡겼어. 어때 나 잘했지?"

"그렇게까지 아휴! 뭐, 잘했네."

그의 말을 대수롭지 않게 여겼고, 그가 주방에서 마실 차를 준비할 동안 집 안을 돌아보았다. 짧은 시간에 네 개의 방을 열어 보았다. 그중 하나의 방문은 잠기어 있었고, 다른 방안에는 온통 목공예 작업을 했는지 사방 널브러진 나무 조각들과 목공 대패가 두어 개 놓여 있다. 한쪽엔 책상 반절만 한 나무로 만든 관이 있었다. 예고 없는 광경에 놀라웠다. 종종 걸음으로 그에게 다가가 물었다.

"인수 씨! 저쪽 방에 웬 작은 관이 있어. 인수 씨가 만든 거야?"

"이제 봤구나. 지난달부터 시작했어. 우리 달이와 별이가 죽었을 때 넣어 줄 관을 만들어. 아직 하나밖에 못 했어."

"그걸 손수 만들어 준다고? 우와! 오빠 참 대단해."

불현듯 여기까지 생각이 미쳤다.

수연은 더는 말을 할 수 없었고, 정적 위에 헤엄을 치는 공기처럼, 살살이 소리를 삼키는 고요에 집중한다. 하지만 아무런 요동 없이 변한 게 없음을 알아차리고선 기대가 무너져 내렸다.

과연 이대로 있다가는 죽음이 순식간에 닥칠 거라는 생각이 들었고 어찌할 수 없는 현실이 아직도 받아들일 수 없다. 그녀의 의식은 다시 자신의 인생에서 가장 힘들고 고통스러웠던 오래전의 기억으로 되돌아가 있었다.

인수와 수연은 약속대로 결혼 준비를 해나갔다. 한 달여를 남겨 둔 늦은 저녁 인수가 사라졌다. 그의 친구나 가족들, 주위의 누구에게도 밝히지 않고 바람처럼 시간처럼 사라져 버린 것이다. 어쩌면 지구에서 홀연히 증발했는지도 모른다. 하루, 이틀, 일주일 그러다 결혼식 날 이틀 전에 문자 한 통을 받았다.

'박인수, 그는 도주했습니다. 더 이상 알려고 하지 마세요. 그의 모든 통장 잔고는 0원입니다. 그는 결혼할 수 없습니다.'

발신 번호표시 제한으로 누군가가 달랑 문자 하나만 보냈다. 애타게 찾던 인수의 소식을 그의 부모님에게 전해 주니 대성통곡하신다. 수연은 곧장 경찰서로 달려가 수사를 의뢰했고, 그가 가진 계좌를 추적해 보았다. 잔고는 비어 있었다.

그의 오랜 친구 경철의 소식을 우연히 듣게 되었다. 디행히 경철과 만나기로 이틀 전에 약속 했다. 지푸라기라도 잡는 심정으로, 살기 위해선 못할 게 없다는 생각이 들었다. 그날 이후로 끈질긴 불면이 왔다.

마치 밤의 얼굴을 보기라도 하려는 듯이 어두운 한밤중에 깨어나 창가에서 책을 읽었다. 따분한 책을 읽다 보면 스르르 잠이 올 거라는 막연한 희망으로 민법, 형법에 관한 두툼한 책을 온라인으로 주문했다. 다음 날 밤이 오기 전에 도착한 책이 수연은 그리 반가웠다. 하지만 지루한 조항들을 빠짐없이 읽고, 급기야 꼬박 밤을 지새워 한 권을 다 읽어도 정신은 맑다. 다음 날도 읽었지만, 마찬가지다. 하루는 성경을 꼬박 읽었다. 다음 날도 다시 통독했다. 그러다가 자신도 모르게 마치 고장 난 수도꼭지처럼 눈물이 쏟아진다.

수연은 주기도문을 외운다. 성경에 예수님이 가르쳐주신 기도라고 했다. 몹시 힘들 때면 살려달라고 외치며 가슴께를 두드렸다. 멍이 들 정도로 절실했다.

낮엔 자주 잠이 몰려왔지만, 푹 잘 수 없다. 밤마다 잠을 자기 위해 온갖 치료와 민간요법까지 시도란 시도는 다 해봤지만, 단번에 약혼자와 전 재산을 잃은 그녀로서는 하루하루가 삶과 죽음의 아슬아슬한 경계선이다. 연이어 신경을 쓰다 보니 몸은 날로 쇠약해져만 갔다.

경철은 개인 병원을 운영하는 신경정신과 의사다. 인수와는 어릴 적 고향 친구로서 어쩌면 인수에 대해 제일 명확하게 알고 있는 사람 중 한 사람일 것이다. 지난날 인수는 가끔 경철에 대해 말할 때면, 본인의 반쪽이나 다름없다는 얘기를 꺼낸 적이 있었고 자랑스러운 친구라고 했다. 그의 병원은 서울 변두

식지 않은 토마토

리 주택가 안에 자리 잡고 있어서 처음 방문은 애를 먹었다. 내비게이션에서는 도착했다고 해도 막상 내리면 다시 원점으로 돌아가 두어 번을 빙빙 돌았다. 병원 간판이 눈에 확 띌 거라는 예상은 빗나갔지만, 결국 골목길을 돌고 돌아 주변 사람에게 묻고서야 겨우 찾을 수 있었다. 기대와는 달리 겉모습은 수수하기 이를 데 없다.

'산 마음 치료 신경정신과 의원'이라고 가로 2m 세로 40cm가량 되는 목간판이 보인다. 멋은 다 배제하고 뜻만 전하려는 느낌이다. 평범한 이층집 주택을 개조해 만든 병원은 50여 평쯤 돼 보인다. 수연은 마침내 찾아낸 병원에 들어섰다. 입구 오른편엔 높이가 한 뼘쯤 되게 벽돌로 테두리를 꾸민 정원이 보인다. 보라색과 다홍의 피튜니아 꽃들이 앙증맞은 나무 지게 위에 피어 있고, 금계국이 그 주변에 풍성하게 피어 있다. 언뜻 보아도 누군가 정성 들여 관리해 준 모양이다.

수연은 호흡을 가다듬는다. 오전 11시 50분이면 환자는 거의 없을 시간이라는 예측이 맞았는지 대기실엔 아무도 없다. 몹시 지쳐 보이는 앳된 간호사 두 명이 말을 건넨다.

"어서 오세요. 오전 진료는 마감됐습니다. 1시 이후에 오셔야 합니다."

"네. 진료받으러 온 게 아니라 오 원장님 뵈러 왔어요."

"미리 약속하셨나요?"

"점심때 아무 때나 오면 된다고 하셨어요."

"잠시만 기다려주세요. 전달하겠습니다." 말을 마친 긴 생머리의 체격 있는 키 큰 여간호사가 원장실에 가는 것을 지켜보았다. 이윽고 원장실에서 나온 간호사가 수연을 원장실로 안내한다. 대기실엔 원장 사진이 없었다. 전문의 자격증과 이력만 기록되어 있을 뿐, 옆에 나란히 PMA 평가에 대한 안내문이 걸려 있다. 얼굴도 보지 못한 채 도어를 열었다.

두 평 남짓한 원장실 한쪽 벽면엔 의학전문 서적들로 가지런히 꽂혀 있고, 미니 냉장고와 세면대가 달려 있음을 훑어보았다. 테이블을 두고 마주한 경철은 인수보다 더 어려 보이는 동안이다. 앉은 채로 인사하며 말을 꺼낸 경철은 별 표정이 없다.

"안녕하세요? 한수연 씨 되시죠? 좀 앉으세요."

"네 처음 뵙겠습니다."

"시간 내기가 어려워서 괜찮다면 점심이나 드시면서 얘기해도 될까요?"

"네, 저는 괜찮아요."

"제가 잘 가는 식당이 있는데 어떤 음식 좋아하십니까?" 경철은 수연을 보며 일어선다.

"딱히 가리는 건 없어요."

그들이 도착한 곳은 동네에서 차로 10여 분 거리다. 길옆에 얕은 계곡이 있는 2차선 도로 옆이었다.

5층짜리 건물 중 3층부터 5층까지 한식당으로 이용하고 있다. 경철은 서빙 하는 젊은 청년과도 잘 아는지 반갑게 눈인사를 나눈다. 특대 A 코스요리를 주문했다.

"수연 씨! 입맛에 맞으실지 모르겠습니다. 인수와는 이곳에서 여러 번 식사했었지요. 근데 참, 이 녀석이 이렇게 애를 먹일 줄은 꿈에도 몰랐다니까요."

"마지막으로 두 분이 만나서 어떤 얘기를 나누셨는지 여쭤봐도 될까요?"

"아마 약혼식 하기 이틀 전일 거예요. 그때 마지막으로 봤는데, 평소와 크게 다르지 않았어요. 그 녀석은 수연 씨 자랑을 엄청나게 했거든요. 아직 솔로인 제가 화가 날 정도로요. 그래서 제가 그랬어요. '야 인마! 고만 좀 해라. 어디 애인 없는 사람은 살 수 있겠냐?'라고요. 그랬더니 멋쩍은지 껄껄 웃더니만, 걱정이 있는지 한숨을 길게 내쉬더라고요. 뭐, 말 못 할 고민이라도 있냐고 했죠. 한참 함구하더니 눈물을 흘렸답니다. 그러면서 하는 말이 우리 착한 수연이가 사람을 잘못 만났다나, 어쨌다나 전 그때만 해도 속으로 약혼을 앞두고 감정 기복이 일시적으로 심해져서 그러려니 했지요. 근데 이럴 줄 알았으면 자세히 알아야 했는데 제 불찰인 거 같기도 해서 자주 괴로웠어요."

"네, 말씀해 주셔서 감사드려요. 또 다른 일은 없었을까요? 참, 점심시간이 몇 시까지죠. 원장님 시간을 제가 다 뺏은 것 같아서요."

"아닙니다. 꼭 한번 뵙고 말씀드리고 싶었어요. 30분 정도는 시간이 됩니다."

경철은 다시 병원으로 돌아갔다. 수연은 먹먹했다. 아직 맘의 정리가 필요해 밖의 풍경을 멍하니 바라보다가 출입하는 사람들을 보며 그대로 앉아 있다. 그런 와중에 경철에게서 비상시 연락을 달라고 알려준 핸드폰 번호로 전화가 왔다.

"여보세요? 네. 알겠습니다. 아무 때나 병원에 들러도 괜찮으세요? 무료로 진료해주신다고요. 그럼 저야 감사하지만, 제가 죄송해서요. 아! 네. 그러죠. 안녕히 계세요."

경철은 병원에 도착하자 중요한 말을 빠뜨렸다며 수연에게 당장 내일부터라도 매일 병원에 나와 불면증과 우울증 치료를 시작하자고 했다. 가벼운 인사치레의 말이 아닌 친한 친구의 약혼녀에 대한 진심에서 우러나온 배려였다.

수연은 매일 병원에 갔다. 무엇보다 달콤한 잠을 자는 게 소원이었던지라 망설일 이유가 없었고, 부쩍 줄어드는 체중이 염려되었다.

한 달여를 시간 될 때마다 병원에 들러 여러 검사를 진행했다. 환자와 의사로서 상담했다. 다행히 편안한 일상으로 조금씩 돌아오고 있었다.

인수에 대한 소식은 여전히 아무도 모르는 상황이었고, 진즉 경찰서에 실종 신고해 둔 상태라 종종 형사에게서 별일이 없는지 확인차 연락이 왔다.

경철과는 어느덧 친밀감이 생겼다. 처음 어색했던 감정이 사라지고, 다정한 친구처럼 의지가 되었다. 혼자서 자유롭게 지내는 경철이 하루는 수연에게 아무에게나 말하지 않는 비밀을 털어놨다.

언제 닥칠지 모르는 죽음에 대해 현대인들은 쉽게 잊는 게 안타깝다. 그만큼 삶의 의욕을 잃어버리고 하루하루를 힘겹고 고통스럽게 사는 환자들을 위해 본인이 수년간 연구하고 개발해서 꼭 필요한 환자에게만 프로그램을 소개한다고 했다. 결과는 대성공이라 할 만큼 획기적인 데다 과학과 기술이 접목된 최첨단 시스템이라고 했다. 자신의 아파트 널찍한 지하 창고에 몇십 억을 들여 마련했다고도 했다. 혹시 알고 싶다면 언제든 혼자만 보여준다고 한다. 절대로 누설하면 안 된다고 말했다.

수연은 대수롭지 않게 들었으나 시간이 갈수록 궁금하고, 그것이 알고 싶었다. 몇십 억을 들여서까지 과연 무얼 차렸다는 말인지, 왜 비밀에 부쳐야 하는지 혹시라도 인수와 연결되는 고리가 있는지 알아야 했다.

인수가 사라진 지 3개월이 지나고 있다. 주변의 지인들조차 원인을 알고 싶어 했지만, 도저히 알아낼 방도가 없었다. 수연의 불면증은 좋아졌고, 처음보다 마음은 안정됐지만, 사람이 사라진 흔적과 그 원인을 파악해야 하는 일이 본인의 사명이라고 생각하자 불현듯 인수가 그리웠다. 수연은 낡은 지갑 안에 넣어 둔 인수의 얼굴을 바라보며 그리움에 젖었다.

수연은 여태 축축하고 어두운 좁은 관 안에서 눈을 간신히 깜박이며 생각에 잠긴다. 자신이 이곳에 있게 된 실마리를 찾으려 애를 쓰며 인수의 사진을 봤던 그 시간으로 돌아가 본다. 조금씩 숨을 쉬어 가며 오직 의식이 있는 동안 최선을 다하고자 했다.

한번은 경철과 미리 선약을 한 뒤 그의 집을 방문했다. 호수마다 지하의 열 평 남짓한 창고를 쓸 수 있다. 간단히 다과를 먹은 후 엘리베이터로 내려간 지하 B3층이다. B1층과 B2층은 주차장이다. 한층 더 내려가니 중앙에 한 사람만 다닐 수 있는 좁다란 통로를 두고 양쪽으로 호텔처럼 번호를 단 호실이 즐비했다. 통로 중간쯤에 자동 센서기가 있어서 이십여 미터쯤 앞서 불이 켜졌다. 수연은 경철을 따라 조심스레 따라갔다. 미로처럼 코너를 두 번을 돌다가 334호실 앞에 멈췄다. 경철은 비밀번호를 여러 번 길게 누른다.

이윽고 눈앞에 펼쳐진 광경에 수연은 설사 눈을 의심했다. 넋이 빠진 듯 너무 놀라 입을 다물지 못한다. 거기엔 한 사람만 겨우 다닐 정도의 공간만 남긴 채 삼나무와 소나무, 오동나무로 만든 목관이 총 12개가 놓여 있고 관마다 상부 1미터 되는 높이에 컴퓨터와 모니터를 설치해 놓았다. 모두 하나같이 천장을 향해 누워 있다. 수연이 천천히 천장을 올려다본다. 천장은 아예 거울로 만들어 놓았다.

그래서 밑에서 위를 바라보는 그녀의 모습이 비치고 그 옆에 주위를 휙 둘러보는 경철이 보인다. 한쪽 구석 투명하게 사방을 막은 코너에는 길이가 족히 2m가 돼 보이는 슈퍼컴퓨터, 모니터 2대와 본체, 그리고 한 개의 관마다 가느다란 전깃줄이 대형 모니터에 하나로 연결되어 있다.

　'죽음의 체험관'이라는 시스템을 경철이 연구하고 만들었다고 했다.

　사람이 죽은 후 관에 들어가 땅에 묻히는 과정을 현실감 있게 재현했다고 한다. 1단계부터 7단계가 있으며 숫자가 높아질수록 현실감이 높다고 했다. 그건 말 그대로 최종적인 7단계로 묻힌 사람은 당장 숨 쉬는 것부터 최악인 데다 관에서 흙가루가 떨어지기도 하고 피까지 흘릴 수 있다고 한다. 본인이 완전 시체처럼 느껴지나 어디까지나 실험이고 테스트라는 걸 언제든 믿고 확신만 하면 두뇌로 연결된 인공지능 컴퓨터가 본래의 심신 상태로 전환되도록 했다. 믿기 어렵겠지만, 실험자가 조금의 의심도 없이 분명한 믿음을 가진다면 그의 육체는 충분히 편한 침대 위에 누워있을 거라는 그의 말이 번개처럼 스쳐 지나갔다.

　한번 해보는 체험이 길어야 5분이다. 하지만, 체험비는 장비 관계로 인해 천만 원이라는 거금이 든다. 지금껏 스물세 명이 체험했으며, 체험 후 삶에 대한 애착을 얻었다고 했다. 단지, 이런 사실에 대해 발설을 전혀 않겠다는 계약서를 작성해야 한다. 적어도 백 명까지는 테스트를 거쳐야 생명의 안전성을 입증하기 때문이다. 철저하게 보안을 해놨으니 이런 실태가 세상에 전혀 알려지지 않았다.

침묵하고 보고만 있는 수연에게 경철은 덤덤히 말한다.

"작년 봄인가 중년의 여자 환자가 우리 병원에 왔었어요. 진료실에 들어와서 앉지도 않고 다짜고짜 말하더군요. '선생님! 부탁이 있어요. 어떻게 하면 신속하고 편안하게 죽을 수 있나요'. 그 아주머니는 머리끝에서 발끝까지 명품으로 치장했더군요. 안경부터 목걸이, 팔찌, 착용한 원피스와 신발, 진짜 한마디로 번쩍번쩍하더라고요. 전 속으로 놀랐습니다. 저렇게 부유한 아줌마가 과연 무슨 고민이 많아서 오자마자 저럴까 하고요." 말을 한 후 그가 잠시 아무런 말이 없자 수연은 말을 꺼냈다.

"그래서 어떻게 됐어요?"

"알고 보니 그 아줌마는 사교계에서 10년 이상 활동한 계주였고, 삼사 년 전부터는 남의 돈을 물 쓰듯 썼다고 합니다. 최후에는 급기야 죽을 작정으로 그 많은 돈을 아주 흥청망청 썼다고 했어요. 여직 살아 있는 게 신기할 정도로요. 일주일 동안은 같은 얘기만 했답니다. 난, 고민 끝에 '죽음의 체험관'을 말했고 그 사람은 실험을 참가하게 되었죠. 후에 어떻게 됐는지 아세요? 사람이 180도 변한다는 게 그런 경운가 봐요. 자신이 그동안 잘 못 살았다면서 엄청 통곡하고, 아휴! 그런 난리도 없었어요. 진짜 사람 성격대로 변하더군요. 그동안 겁 없이 썼던 돈을 집과 자동차, 갖고 있던 부동산까지 모조리 팔아 어느 정도는 다 갚았나 봐요. 한참 발길이 없다 했는데, 하루는 전과 딴판으로 행색을 검소하게 하고 와서 내 손을 덥석 잡는 겁니다. 자기는 새로 태어난 것 같다고, 체험 덕분에 죽음에 대해서 많은 생각을 하였다며 사후의 준비를 하려고 처음으로 교회를 나갔대요. 이제는 예수를 잘 믿는다고 하더라고요. 나한테도 전도해서 내가 그랬지요. 저도 크리스천이라고요. 죽은 후에 영생이 있음을 알게 돼 나로서도 무척 기뻤답니다."

그날은 집으로 가는 동안 경철이 들려준 중년 여인의 말이 머릿속을 떠나지 않았다. 죽음을 준비하는 삶이 사는 동안에 가장 현명하고 꼭 필요한 일인데도 세상은, 아니 본인부터 전혀 딴 세상, 딴 사람의 일로만 치부했다. 나는 지금 잘살고 있는 것일까? 그렇다. 한세상 살아야 백 년 안팎일 텐데, 마치 천년만년 살 것처럼 아옹다옹하며 살아왔다.

인수도 과연 관 체험을 해봤을까? 그리고 보니 정황이 없어 경철에게 제대로 묻지 못했다. 수연은 이런저런 생각에 자신도 모르게 문득 인수의 집으로 향하고 있음을 알았다. 다홍색 쏘렌토는 드디어 인수가 살던 아파트 지하 주차장에 아무 생각 없이 습관처럼 와 있다. 벌써 그가 사라진 지 3개월이 훌쩍 지났다. 왜 그동안 그의 집에 가볼 생각을 못했는지 한심했다. 오직 자신에게 처한 상황만 전부로 보여 마치 뿌연 안개 속을 거니는 것처럼 주변에 눈 돌릴 겨를이 없었다. 그건 부인할 수 없는 변명이겠지만, 미처 찾아올 엄두를 못 냈다.

듬성듬성 주차된 지하 주차장을 나와 엘리베이터에 오른다. 엘리베이터 안에서 잠시 망설인다. 단 한 번만 와 본 곳이기에 5층인지 6층인지 헷갈린다. 수연은 다시 1층으로 내려와 경비실로 걸어갔다.

"저, 박인수라는 사람이 사는 집이 5층인지, 잘 생각이 안 납니다. 알 수 있어요?"

초저녁이라 시간의 여유가 있었는지 경비 아저씨는 TV 스포츠 프로그램에 푹 빠져 있다가 후다닥 놀란 표정이다.

"어떻게 오셨어요? 혹시 방문 오신 겁니까?"

"약속은 안 했지만, 잘 아는 분이라서요."

"잠시만 기다려보세요. 아! 네. 그 집이 지금 비어 있어요. 그 집에 살던 사람이 부동산에 내놓고 어디 멀리 간다고 했었는데, 들어 놓고도 돌아서면 잊어버려서요. 나이 들면 깜박깜박 어쩔 수 없나 봅니다."

"멀리요? 잘 생각해보세요. 중요한 일입니다. 전, 그 사람을 꼭 찾아야 해요."

"그래요? 근데 아무런 기억이 안 납니다. 어떡하죠?"

"혹시 생각이 나시면 이 번호로 연락 좀 부탁드립니다."

이윽고 수연은 부리나케 6층 603호 앞에서 본인의 생일을 눌러 본다. 예전에 그의 집에 처음이자 마지막으로 왔던 날, 인수가 도어를 열기 전 그녀에게 해 준 말이다. 비밀번호가 당신

식지 않은 토마토

의 생일 날짜라고, 수연은 1123을 꼭꼭 눌렀다. 바로 드르륵 문이 열렸고 수연은 현관에서 일괄 센서를 터치했다. 정말 집을 내놓았다는 말이 사실인지 그와 앉아서 떠들던 베이지색 가죽 소파와 두 발을 올려놓고 쉬었던 동그란 스툴도 온데간데없이 치워져 있다. 그녀의 의식에서 멀리 밀어 놨던 검푸른 절망이 다시 스멀스멀 올라오고 있음을 자각하며 스스로 고개를 혼든다. 두 개의 방문이 활짝 열려 있고, 화장실도 열려 있다. 그녀는 봄날 야외 소풍에서 보물찾기라도 하듯이 액자 하나 없는 빈 벽을 바라보다 붙박이 서랍장 칸칸이 고개를 숙여가며 샅샅이 뒤지고 있다. 아직 아무것도 없다. 작은 방으로 건너갔다. 예전에 길이가 1m 남짓하던 소나무 목관이 두어 개 있던 곳이다. 그 방 역시 아무런 단서가 없다. 체념하고 돌아서려던 찰나, 뭐라도 떠오른 듯 그녀는 바닥에 깔린 두꺼운 우드 장판을 뜯어보기로 했다. 마땅한 연장이 없자, 핸드백에 갖고 다니던 호신용 미니 칼로 조심스럽게 모서리를 뜯었다. 네 귀퉁이 마지막을 뜯던 중 오래됐는지 누렇게 변한 종이쪽지를 찾았다.

세상을 살 수 없는 바람꽃, 바람은 그 어느 것도 될 수 없어 누구는 죽었다고 했고, 누구는 사라졌다고 했다. 하지만 그는 바람이었다. 스스로 꽃이 되어 향기를 피워내고 아무도 믿어주지 않는 바람을 살았다.

_ 바람의 꽃 중에서

수연은 낡아 찢어지려는 종이를 조심스레 가방에 넣었다. 원래대로 장판을 돌려놓은 후 아파트를 나왔다.

 다음날 인수가 살던 래미안아파트 주변 부동산 중개사무소를 돌았다. 하나같이 믿기지 않게 박 인수라는 사람으로 아파트를 내놓은 적이 없다고 한다. 반나절을 걸어서 그런지 종아리가 아파져 온다. 점심때가 되어 근처 '마약 떡볶이'란 분식집에서 떡볶이와 어묵을 시켜 먹는 중이다. 대각선 맞은편 앞자리에 낡은 점퍼에 찢어진 청바지를 입은 행색이 초라한 한 남자가 벙거지를 쓰고 만두와 김밥을 먹고 있다. 뒷모습만 보여 신경 쓰지 않으려 했으나 왠지 비위가 약한 그녀로서는 먹다 말고 뛰쳐나가고 싶었다. 직원인 아주머니가 잠시 주방에 간 사이 대각선 맞은편에 뒷모습을 보인 채 만두와 김밥을 먹던 남자가 황급히 사라졌다. 고개를 숙이며 따뜻한 어묵 국물을 떠먹던 그녀도 황당했다. 아주머니가 나오더니 갑자기 가게 문을 열고 나가 사방을 두리번거린다. 시무룩한 얼굴로 들어와 수연에게 "못 보셨어요? 세상에 별 도둑놈이 다 있다니까요. 군만두와 찐만두, 김밥까지 돈 없이 와서 먹는 게 과연 목구멍에는 넘어가려나. 참 별일이네. 음식 값을 이제 내가 물어야 하니 참 어처구니가 없네요."

 아주머니는 속상한지 수연에게 하소연한다. 집으로 왔다. 그녀의 친한 친구들과 알고 지내던 사람들까지 본인 스스로 받았던 충격에서 자유로이 벗어날 수 없던 처지라 수연 스스로 먼저 연락을 끊었다. 그래야 그나마 자신을 지킬 수 있다고 생각했다. 14평 되는 원룸으로 조용히 이사를 왔다. 이날 저녁은 오랜만에 스테이크를 만들어 먹었다. 전에는 질리도록 먹던 소고기 등심 스테이크였지만, 현재로서는 딴 나라 사람 얘기 같다. 통장의 잔액은 예상컨대 거의 일 년 지낼 정도의 액수가 찍혀 있다. 그동안 내과와 신경정신과를 거쳐 스트레스로 인한 알레르기로 피부과도 다녔다. 지금은 위급한 상황에서 벗어나 많이 호전된 상태였고 살기 위해 더는 지난 과거에 얽매여 살지 않기로 다짐하며 지낸다. 그녀의 단짝 혜나가 건네주었던 성경을 읽고 있다. 혼자서 읽는 책이라 어려운 구절도 있었지만, 잠자기 전에 열 장씩은 꾸준히 읽는다. 읽다 보니 신에 대한 확고한 믿음이 생겼고, 어차피 사람은 누구나 죽는 건 당연한 사실이었다. 죽은 후엔 영원한 세상이 있었다.

다음 날 오전에 수연은 경철에게 전화해 인수가 죽음의 체험을 최고 수위인 7단계로 했었음을 알아냈다. 서둘러 어제 갔던 인수의 아파트로 향한다. 문득 분식집에서 만두와 김밥을 먹던 남자가 도망쳐 사라진 게 걸린다. 그녀의 짐은 이사 올 때 거의 처분했지만, 몇 년을 함께 다닌 다홍색 쏘렌토만은 갖고 있기로 했다.

그날도 6층 603호 앞에서 자신의 생일 날짜로 비밀번호를 누르니 문이 철컥 열린다. 어제와 다름없어 밖으로 나왔다. 일단 '마약 떡볶이' 가게를 들어갔다. 만둣국을 시키고 잠시 앉아 있자니 벙거지를 푹 눌러썼던 그 남자가 흠칫 문 근처에서 수연을 보더니, 반대편 골목으로 뛰어간다. 남자가 뛰는 걸 수연은 느낌으로 알아챘다. 그녀는 음식을 기다리다 말고 밖으로 뛰쳐나간다. 골목은 다시 두 갈래의 길로 나누어졌다. 골목 담벼락에 기대 있다가 반대편 길로 그 남자가 움직이는 걸 보자, 수연은 표시 나지 않게 그를 미행한다. 자기를 따라오는 줄 모르고, 그는 유유히 계속 걷는다. 그는 누구일까? 인수와 관련된 사람이 분명하다. 그러지 않고서야 수연을 보자 재빨리 숨을 이유가 없는 것이다. 그를 따라 동네 시장을 지나 언덕길을 오른다. 근처에 아담한 야산이 있어 주변 사람들이 자주 이곳을 오르나 보다. 산 오르막까지 올랐다가 다시 구불구불한 좁다란 산길로 내려간다. 마침 편한 운동화를 신어 다행이다. 그는 지치지도 않는지 한참을 걸었고, 미행하던 수연도 어쩔 수 없이 끝까지 따라가고 있었다.

야트막한 산 하나를 타고 내려오자 나란히 붙은 두 채의 한옥이 나왔다. 구옥으로 보이는 한옥이다. 그녀는 조용히 바위 뒤에 몸을 숨기고 그곳을 주시하고 있다. 또박또박 슬리퍼 소리를 내며 나타난 앞치마를 두른 할아버지가 뒤뜰에서 다가왔다.

"아이고! 원장님! 어디 다녀오십니까?"

"네, 잠깐 운동 좀 하고 왔어요. 조금 있다 함께 저녁 드셔야지요. 그런데 다들 어디 갔어요?"

"아, 네! 그 뭐냐 밑의 동네 빵집에서 빵 가지러 오라고 연락

와서 방금 전에 다들 갔고만요. 거, 원식이랑 정찬이 그리고 정
찬이 형도 갔고요."

"아, 예! 알겠습니다. 우린 들어갈까요?"

"오늘 저녁은 제가 식사 당번이니 먼저 들어가세요. 미리 해
놔야죠. 자, 한번 맛있는 요리를 시작해볼까요?"

수연은 자기 귀를 의심했다. 계속 미행해 온 남자는 다름 아
닌 인수였다. 그의 목소리다. 그는 왜 이곳에 있는 것일까. 수
풀이 사람 키만큼 높게 우거져 있고, 그 옆 바위 뒤에 숨은 수
연은 한옥 외관을 천천히 살펴본다. 담 없이 버려진 집을 사람
이 살 수 있게 대충 리모델링한 것 같았다. 야외 마당에 놓여
있는 원목 탁자와 의자 두어 개, 그리고 자세히 살펴보니 대문
은 따로 없지만, 한쪽 입구에 조그맣게 '형제의 집'이라고 두 뼘
길이 나무판자에 검은 매직으로 쓴 게 보인다. 그렇다면 그가
자신의 돈과 결혼 자금을 다 털어 주변의 땅과 낡은 한옥집을
샀단 말인가? 분명 머리가 희끗한 할아버지가 인수에게 원장님
이라고 불렀으니 무언가 이유가 있을 것이다.

수연은 관 안에서 천천히 호흡을 가다듬는다. 기억이 파노라
마처럼 마지막, 인수를 보았던 그 시점까지 떠올랐다. 그리고
현재 상황은 현실이 아니라고, 철저히 믿기만 한다면 침대 위
에 누워있을 거라는 경철의 말이 뇌리에 스쳤다. 수연은 '지금
나는 편안한 침대에 누워있다'라고 혼잣말처럼 되새겼다. 그리

고 그대로 믿었다.

그러자 저 깊은 구렁, 몇 백m 되는 땅 밑에서부터 순식간에 붕 공중으로 떠오르는 느낌이 몇 초간 있다가 상쾌하고도 푹신한 매트리스 위에 자신이 누워 있음을 알았다. 1m 높이의 아치형 덮개가 스르륵 열렸다.

수연은 천만다행이라는 듯 숨을 크게 들이쉬고 관 밖으로 나왔다. 그녀는 어둡던 실내를 자동 센서기에서 비춰는 빛을 따라 나왔다. 아무도 없던 지하실 창고에서 천천히 나왔다. 나오면서 경철에게서 온 전화를 받는다. 자신의 컴퓨터로 실험이 종료됐음을 알림 받았다고 한다. 별일은 없었는지, 컨디션은 어떤지 세세하게 묻고는 끊었다. 아마 진료실에서 짬을 내 전화한 모양이다. 그녀는 체험을 무료로 할 수 있도록 특혜를 준 경철에게 감사 인사를 문자로 보냈다.

그리고 곧장 어제 본 산 너머 형제의 집에 가려고 차 시동을 켠다.

삐뚜름하게 쓴 형제의 집에 다다랐다. 과연 무슨 말을 할 것인지, 어디서부터 시작해야 하는지 무척 혼란스러웠으나, 어차피 한번은 부딪쳐야 한다. 토방엔 신발 한 켤레 보이지 않는 데다. 여러 번 불러봤지만 아무도 없다. 조금 있자니 고등학생으로 보이는 남학생이 울면서 걸어온다. 당황했는지 수연에게 묻는다.

"누구세요? 누구 찾아오셨어요?"

"네, 여기 원장님을 뵈러 왔어요."

"우리 원장님이 흑흑! 오늘 새벽에 쓰러지셔서 지금 가까운 한빛병원 응급실에 계셔요. 암이 전이돼서 언제 돌아가실지 모른대요. 원장님이 이곳에 살게 해주셨는데, 앞으로 어떻게 살아야 할지 후유! 걱정이에요." 학생은 철퍼덕 마루에 앉는다.

"아까 어디 병원이랬죠?"

"한빛병원 응급실요. 아 참, 성함이 어떻게 되셔요?"

"한 수연이라고 하는데 왜 물어요?"

"원장님이 언제부턴가 여기 식구들에게 자주 얘기하셨어요. 한수연 씨라는 여자 분이 오시면 꼭 전해주라고요. 잠시만 기다려 보세요." 말이 끝나기 무섭게 방으로 건너가 서랍을 열더니 회색 비닐 서류 봉투를 내밀었다. 아무도 보지 못하게 밀봉된 봉투를 받아들고 그녀는 쏘렌토 안에서 봉투를 열었다. 과연 무엇일지, 왜 본인에게 주라고 했는지, 도대체 알 수 없지만, 인수에게 암이 있었다는 사실이 믿어지지 않았다. 회색 서류 봉투를 열자 인수의 아파트 등기부 등본이 자신의 이름으로 명의변경이 돼 있었고, 볼펜으로 꼭꼭 눌러 쓴 편지 한 장이 들어 있다.

태어나서 처음이자 마지막으로 사랑한 한수연 나의 약혼녀에게.
먼저 나를 용서하지 말아요. 결혼식을 앞두고 아무런 말 없이 당신의 결혼 자금과 함께 사라진 나를 용서하지 말아요. 결혼식 한 달 전에야 우연히 내가 간암 말기인 걸 알았고, 정확히 몇 개월밖에 시간이 없다는 사실을 알았지요. 그런 처지에 난, 차마 당신과 결혼할 수 없었어요. 더군다나 그런 말을 꺼낼 수도 없는 현실이 마음 아파 한동안 방황했답니다. 그러다 갈 데 없는 사람들이 눈에 띄었고 현재 다섯 명이 살 집을 얻게 되었소. 내 아파트는 당신 거니 알아서 팔아도 되고, 살아도 좋아요. 요즘 시세가 12, 13억은 된다고 하니 당신이 맡겼던 결혼 자금이라고 생각하면 될 거요. 부디 이 못난 나는 잊고, 좋은 사람 만나서 부디 오래 행복하게 살아요. 그게 내 꿈이기도 해요. 건강하게 잘 살아야 합니다. 당신을 가장 사랑하는 인수로부터.

수연은 그간 참았던 눈물을 펑펑 쏟는다. 이제야 알다니, 자신이 참 바보 같았다. 인수가 너무 불쌍해서, 그의 삶이 너무 가슴 아파서 수연은 머리를 숙인 채 훌쩍이며 한참을 울었다. 그러다 빨리 병원에 가야 한다는 생각이 들었고, 편지지를 접는 사이 뒷장에 작게 쓴 글을 읽게 되었다.

세상을 살 수 없는 바람꽃, 바람은 그 어느 것도 될 수 없어 누구는 죽었다고 했고, 누구는 사라졌다고 했다. 하지만 그는 바람이었다. 스스로 꽃이 되어 향기를 피워내고 아무도 믿어주지 않는 바람을 살았다.

_바람의 꽃 중에서

그녀는 서둘러 병원 응급실을 찾았다. 곁에 서 있던 간호사에게 박 인수라는 사람을 찾는다고 했다. "박인수 님요?" 순간 입을 벌리며 눈을 한번 크게 뜨던 여자 간호사는 수연의 얼굴을 뚫어지라 바라보더니 말을 잇는다.

"한 시간 전에 사망하셨습니다."

무엇이 그리 급하길래 그는 바람꽃이 되었을까. 수연은 가방 안에 든 편지 뒷면을 다시 읽어 본다. 굵은 눈물이 볼을 타고 내려오는 걸 내버려 둔 채 그녀의 발걸음은 옆 동에 마련된 장례식장을 향하고 있다.

나무가 된 남자

분명 그 어느 때보다 정신은 또렷했고, 기분 또한 상쾌했다. 무겁던 몸과 마음이 봄날 나비 날개처럼 가볍게 느껴진다. 발바닥은 어젯밤에 내렸던 비로 인해 땅에서부터 시원한 느낌이 전해온다. 나의 키는 마치 하늘을 덮기라도 할 듯이 훌쩍 커져 이십여 미터가 된 느낌이다. 왜일까? 주변을 살펴본다.

나랑 닮은 생명체가 분명 옆과 주위, 뒤 그리고 앞으로 에워싸여 있다. 나의 팔은 영락없는 몇 개의 깃발 같이 자꾸자꾸 펄럭인다. 내가 나를 찾을 수 없지만, 분명히 살아있다는 증거였다. 펄럭이는 끝마다 눈이 닿았다.

지난날 나의 인생에 큰 전환점이 있었다. 마치 온몸과 영혼이 송두리째 저당 잡혀, 불지 않고는 살 수 없는 바람 같던 시간, 오랜 시간 헤매었던 시기였다. 그때가 생각났다. 내 눈앞에 지나가는 등산객 두 명이 보인다. 그들 중 한 사람은 분명 나의 젊은 날 모습이다.

그 당시 내가 스물일곱 살 때다.

현운 무역 주식회사에 입사하여 신출내기였던 내 옆엔 나보다 몇 달 일찍 입사했던 한 살 많은 선배 동식이 있었다. 우리 둘은 사이가 좋았고 동식은 자신만의 독특한 고집과 야망이 있었다. 그 당시 회사 대표의 막내딸 은지를 두고 우린 서로 사랑하고 있었고 우리 둘은 쉽게 그런 속내를 드러내지 않았다. 그녀에게 별 관심이 없는 듯 은지가 우리 대화에 등장하는 일은 거의 없었다.

그날은 회사 창립일이었다. 모처럼 우리 둘은 그간 가고 싶어도 못 갔던 등산을 갔다. 한 여자를 두고 두 명의 남자는 사랑의 열병을 무척이나 앓았고, 시간이 지날수록 그 마음은 거칠 것 없는 야수의 눈빛처럼 커져만 갔다. 단지, 특이한 점은 둘 다 내면에 자라던 사랑의 고통을 존중했다. 말하지 않아도 확연히 알 수 있는 지고지순(至高至純)한 그들의 사랑은 시간이 지나 강산이 여러 번 변한다고 하여도 결코 변하지 않을 것 같았다.

몸이 바람에 살살 흔들린다. 아아! 이제야 알았다. 분명 의식과 정신은 그 어느 때보다 또렷했지만 나 자신을 볼 수 없는 게, 벤치 뒤에 있던 키가 이십여 미터가 되는 단풍나무로 변해

식지 않은 토마토

있어서 나를 볼 수 없는 거였다. 갑자기 호흡이 거칠어지자 바람의 섬세한 손이 답답한 가슴을 두드려 준다.

바람은 바람의 향기와 그들만의 언어가 따로 존재함을 그때 알았다. 바람은 우리가 알던 그냥 형체 없는 실체로서 느끼는 바람이 아니었고, 그들만의 색채를 온몸에 감고 다녔다. 빨주노초파남보, 어린 시절부터 알아 왔던 근본의 색채, 그 빛깔이 아니었다. 그것은 눈을 감아야 비로소 볼 수 있는 색으로 세상이 인정할 수 없는 색, 무채색 속의 색깔이다. 깊이 생각하면 알 수 있는 것, 하지만 누구도 생각하지 않는 색이었다.

햇볕 좋은 날, 야외로 나와 눈이 부실 때 잠시 눈을 감고 보았었다. 어둠 속에서의 하얀색, 그리고 빨간색을 보았다. 아주 찰나지만, 지금 그런 상황이라고 말하고 싶다. 짧은 한숨 같은 시간의 색이고 달콤한 사탕의 맛을 알던 기억의 색이다.

나는 이 상황 하나하나를 놓치고 싶지 않아서 하나라도 빠뜨리지 않게 기억으로 저장하려고 힘을 썼다.

'여보세요'

'내 말 들리십니까?' 입 모양이 어떤지는 내가 나를 볼 수 없어 모르지만, 나름대로 크게 소리를 냈다. 소리는 내 귓가에도 들릴 정도로 알아듣지도 못할 '욱부우욱 북부북국'으로 들린다.

점점 날은 어두워져 마음이 바쁘다. 이곳은 경사가 완만한 오르막길을 30여 분 지나면 곧 험한 산길로 이어져 있다. 어서 이곳을 나가야만 하는 절박한 심정이었고 그런 상황이었다. 바로 어둠이 덮쳐 올 기세였기 때문이다.

　나는 어느새 젊은 한때로 돌아가 있다.

　"어! 석이 씨! 어제 받기로 했던 그 샘플 어떻게 됐나?"

　"네, 오후에 연락해주기로 했습니다."

　"김 과장한테 연락해서 재무과에서 어제 결산한 것 빨리 갖고 오라고 해."

　"네, 알겠습니다."

　대표는 곧 산달인 산모의 배처럼 둥실한 몸집으로 이리저리 쑤시고 다녔다.

　홍보팀의 오전 일과는 눈코 뜰 새 없이 바빴고 아침은 거르기 일쑤였다. 슬슬 배고픔이 배 중심을 치는 듯 신호를 보내온다.

　삼십 대 초반에 들어선 나와 동식, 책상 칸막이 하나를 두고 마주 앉아 있다. 그는 홀어머니를 모시고 산다. 나름대로 가장의 무게를 잘 견디며 살아왔다. 지금까지 보아 온 동식은 천 원도 허투루 쓰는 법 없이 알뜰하다 못해 지독한 구두쇠라 할 만했다. 아마, 그의 온 관심사는 '돈'에 있는지도 모른다. 설립한 지 십칠 년 된 무역회사의 야근 업무에 그날도 동식은 당연하다는 듯이 지원했다.

　여느 날과 다름없게 전화통은 번갈아 울어댔다. 상담 여직원이 세 명이나 있었지만, 항상 우리에게까지 돌려받기를 해야 할 만큼 회사는 더욱 힘을 과시해 나갔다.

　　　　　　　　　　　　　　　식지 않은 토마토

그날도 야근이 있을 거라는 우리의 예감은 빗나가지 않았고, 나는 슬그머니 눈치를 보다 집안일이라며, 바빠서 오늘은 야근이 어렵겠다고 팀장에게 언질을 주었다. 결국, 혼자 남은 동식은 김밥 한 줄로 저녁을 때웠을 것이다. 누가 보나 안 보나 일 중독인 그를 직원들은 염려 반 안심 반으로 생각했다.

'똑똑똑' 세 번의 노크 소리가 났으나 전혀 관심 없다는 듯이, 아니 정말로 듣지 못했는지 까만 안경테를 쓴 동식이 그저 컴퓨터 모니터만 주시한다. 그러다 누군가 조심스럽게 밖에서 손잡이를 돌렸다. 이 시간 이후의 만남이 서로의 운명을 어떻게 만들어 주리라고는 그 당시 예고나 예측을 전혀 할 수 없이 말이다.

"실례합니다."

나지막한 목소리로 한 여성이 말없이 문밖에 서 있다. 2분 정도 지나서야 동식은 무언가 아무도 없는 공간에 인기척이 남을 깨닫는다. 이 시간에 의아하다는 듯이 그는 의자에서 고개만 돌린 채 물었다.

"누구십니까? 어디서 오셨어요?"

문을 열고 웬 낯선 여자가 들어온다.

호리호리한 키에 얼굴은 갸름해 보이는, 딱 보기에 스물다섯이나 돼 보였다. 왠지 모를 슬프고 처량한 기운이 그의 어깨를 뒤덮고 있음을 동식은 느낀다.

"저… 저의 아빠가 혹시 안 계실까요?"

"누, 누구 말씀이신가요. 아빠라면." 그때서야 동식은 자리에서 후다닥 일어났다.

"현운 무역의 우태식 대표님이세요."

"아! 네, 사장님 말씀이시군요. 지금은 퇴근하셨습니다."

"잠깐 들어와서 여기 의자에 잠시만 앉아계십시오. 제가 연락해드릴게요."

"아뇨 아닙니다. 됐어요. 실례지만 잠시 쉬었다 가도 될까요?"

"예! 예. 그럼요"

동식은 각종 서류로 어지럽혀진 접대용 탁자를 치우며 서둘러 그녀를 앉게 했다.

둘은 잠시 어색한 공기 흐름을 인식했는지 동시에 "저"라고 하는 바람에 살짝 웃기까지 한다. 그녀는 몹시 지친 기색이 역력했다.

시간은 몇 년 더 거꾸로 돌아가 내가 스물일곱 살 되었던 가을날이었다.

이제 막 대학생이 되어 예쁘장했던 사장의 막내딸 은지가 떠올랐다. 그 당시 회사에 큰 프로젝트 중 하나를 나와 동식이가 맡게 되고 프로젝트에 투입될 여러 자료와 현장의 체험이 필요했기에 사장은 자기 막내딸을 시켜 같이 도와주라고 한 터라 우리는 오빠와 동생처럼 지방의 합당한 장소를 찾아다녔다. 그때마다 은지는 본인의 일처럼 몸 사리지 않고 발 벗고 나섰다. 우리에게 많은 도움을 주었다. 작은 커피 심부름부터 하루의 일정까지 그녀의 손에 넘어가기만 하면 안심될 정도로 야무지고 똑 부러지게 하는 스타일이라, 우리 셋은 큰 트러블 없이 오누이처럼 가까워질 수 있었다. 아마 처음 볼 때부터 우리는 첫눈에 반했는지 모른다. 그런 그녀가 4~5년 만에 느닷없이 초췌하고 마른 모습으로 사무실에 나타난 것이다. 그런 이유로 첨에 누군지 동식은 전혀 몰라봤었고, 자신도 그 세월이 지나는 동안 운동 부족인지 몸의 살이 많이 올랐다. 오랜만에 본 친구들도 자기를 몰라볼 정도였으니 어쩌면 그녀도 자신을 몰라보는 게 당연한 일이었다.

동식은 자신에 대해 먼저 은지에게 말했다. 그녀 역시 그를 오랜만에 보게 되어 꽤 반가운 눈치다. 커피를 한 모금씩 마신 후 둘은 자연스레 말이 트였다. 그녀의 나이가 자신보다 다섯 살 어린 스물일곱 살이 되었음을 동식은 잠시 추측해 본다.

셋이서 맡은 프로젝트를 끝으로 그녀는 대학을 졸업해 아버지와 안면이 있는 모 회사 사장의 둘째 아들과 맞선을 보았다.

그 당시 그녀는 동식이와 나에게 관심이 있었다. 어쩌면 동식보다 나를 더 좋아했다고 볼 수 있다. 예를 들면, 내가 어떤 말을 할 때면 그녀는 꼭 보석을 바라보듯, 마치 별이 하늘에서 자신의 품에 안기기라도 할 것처럼 꿈꾸는 눈으로 나를 보았다. 진심으로 나를 사랑하는 게 느껴진다. 나 자신도 그녀를 아끼고 좋아했으나, 현재 몸담고 있는 회사의 사장 딸인 이유로 몹시 괴로워했다. 그리 쉽게 다가가기 어려운 상황이지만, 서로가 서로에게 묶인 운명으로 아무도 눈치채지 못하게 그녀와 만남을 이어갔다. 함께 있는 공간마저도 시가 되고, 음악이 되었다. 어느 날엔 함께 길을 걷다가 비를 맞았다. 그녀의 머리에서 뺨으로 흐르는 빗물에 까만 긴 머리가 철썩 붙어, 순간 나는 넘치는 빗물에 그녀를 떠내려 보낼까 봐 후다닥 옆 건물 차양 아래로 그녀의 손을 잡고 뛰었고, 금방이라도 그녀가 녹아 없어질까 봐 오래도록 껴안았다. 이대로 세상이 멈춘대도 좋을 것 같았다. 그녀는 가슴이 답답하다며 꽉 잡은 내 손을 풀었고 우린 함께 하루를 지냈었다. 한 마리 가여운 새처럼 내 심장에 박힌 그녀를 난, 언제고 보낼 수 없었다.

"동식 오빠! 석이 오빠는 어때요? 잘 지내죠?"라고 묻는 그녀의 눈 끝에 어느새 촉촉한 눈물이 고인다. 그녀 역시 내가 궁금했고 무척 그리운 모양이었다.

"석이 오빠 결혼했나요?"

그녀는 연신 석이를 불렀다. 그렇게라도 해야 맘이 편한 듯 싶은가 보다. 그녀는 잠시나마 예전의 밝고 활기찬 모습으로 되돌아 온 듯 보인다. 좀 느리지만 정확한 발음으로 그간 어디서 어떻게 지내왔는지 그녀의 여정에 대해 차근차근 말을 이어갔다.

　　　　　　　　　　　식지 않은 토마토

그녀의 아버지는 회사의 규모가 확장됨에 따라 해외까지 사업을 더 크게 키워 보려고 여기저기 은행 몇 군데서 대출을 받았고 즉시 땅 사는 일부터 시작했다. 처음엔 그저 순조롭게 일이 진행되었다. 이대로만 간다면 크게 문제 될 소지는 전혀 없다고 믿었다. 그러다 일이 막판에 터진 것이다. 7층으로 된 빌딩이 거의 지어질 무렵 잔금 45억을 건네받은 해외 업체 오 상무가 온데간데없이 그 돈을 갖고 줄행랑을 쳤던 것이다. 급기야 그 돈을 짧은 시일 안에 메꿔야 할 일이 그에게는 죽음과도 같았다. 그때 그에게 손을 내밀어 준 사장이 있었으니 지금 그녀의 시아버지 되는 사람이다. 빚은 열심히 갚았지만 아직도 몇십 억이 남은 상태인데다, 전부터 그녀를 짝사랑해 오던 둘째 아들의 간곡한 간구로 그녀의 뜻과는 상관없이 속전속결로 결혼이 성사되고 말았다. 거기서 끝나면 좋으련만 사람 일은 한 치 앞도 모른다 했던가.

그의 인상이 일단 깨끗하고 단정해보여 그녀는 진실로 그리 사랑하지 않았지만, 이 결혼이 결국 집안을 살리는 일이 될 것인 데다 '살다 보면 없던 사랑도 생기겠지.'라는 막연한 기대를 갖고 시작한 결혼이었다고 한다.

사장의 막내딸 은지는 땡볕의 어느 여름날 땀을 뻘뻘 흘리며 길을 걷고 있다. 날씨가 무척 덥다고 생각하는 사이 어디선가 갑자기 번개가 쳤고, 이어 시야가 안 보일 정도로 소나기가 하얕게 퍼부었다. 놀란 나머지 서둘러 피할 곳을 찾던 중 십여 미터 앞에 야트막한 동굴이 있음을 알았다. 서둘러 동굴로 달려가 피한 후 호흡을 내쉬며 주변을 보니, 그곳은 온통 칠흑같이 어두운 곳이다. 그러다 그녀의 시선이 멈춘 곳이 있었는데, 동굴 벽 갈라진 틈으로 눈부신 환한 빛이 쏟아졌다. 그곳을 따라 조심조심 발걸음을 옮겼다. 가까이 다가가자 이번에는 쪽문이 보인다. 반쯤 문이 열려 있어 문을 살짝 열고 안으로 들어갔다. 제단처럼 두 칸 정도 단상이 있고 그 중심에 사람의 키 높이만 한 탁상이 놓여 있다. 그 탁상 위에는 분명히 어떤 물체가 하나 더 있었다. 겉으로 보아서는 더없이 깨끗한 그릇이다. 밖에서 보기에 먼지 하나 없었고, 윤이 나며 반짝인다. 흠 하나 보이지 않았고, 한 번도 사용한 적이 없어 보인다. 누구라도 탐을 낼 고가의 그릇이다. 너무 맘에 들어 그것을 손에 잡아 본 순간 그 안을 보게 되는데, 그 안에는 끔찍하게도 온갖 죽은 벌레들과 죽은 시체의 썩은 냄새가 진동했다.

동시에 그녀의 온몸에 소름이 돋는다. 어서 이 상황에서 벗어나고 싶었다. 다급히 눈을 감은 채 "아악" 비명을 지르며 깼다. 시계를 보니 새벽 다섯 시가 다 될 무렵이다.

은지가 결혼식 하루 전날 새벽에 꾼 꿈이었다. 너무 놀라 잠에서 깼지만, 쉽사리 썩은 시체 냄새가 쉽게 가시지 않았다고 했다.

꿈이 너무나 선명해서 뭔가 찝찝한 마음이 들었으나 이제 어쩔 도리가 없다고 생각했고, 약속한 시간에 둘은 예정대로 성대한 결혼식을 올렸다. 7박 8일의 유럽여행을 신혼여행으로 다녀왔다고 했다. 그때까지 다른 여느 신혼부부처럼 평범한 하루하루였다. 그를 제대로 알기 전까지는….

결혼한 지 불과 반년이 되고 보니 남편의 정체가 차츰 드러나기 시작했다.

겉의 이미지가 깨끗하고 단정한 이면에 그녀에 대한 집착과 의심, 의처증이 심해 어쩌다 친구들과 모임이 있어 저녁이라도 먹고 오게 되는 날은 어김없이 직접 전화해서 친구를 바꿔 달라고까지 하여 지치고 힘들게 했다. 귀가한 후에도 그녀의 표정과 사용하는 향수 종류까지 일일이 확인하던 사람이라고 했다.

거기까지는 그나마 약과였는지 모른다. 그녀 일거수일투족을 감시하려고 집안 곳곳에 CCTV를 달아 놓았다.

모처럼 그녀가 친정에라도 가는 날에는 그녀도 모르는 사이 가방이나 신발에 표시도 잘 나지 않는 도청기를 붙였다고 했다. 그녀가 그 사실을 알기까지는 처음 친정 엄마를 만나 자연스럽게 말이 나온 그의 의처증을 말했던 날이다. 귀가 후 늦게 술을 먹고 들어온 남편이 그를 거실로 불러냈다. 날카로운 목소리로 소리소리 지르며 그녀의 뺨을 마구 갈겼다. 영문도 모른 채 바닥에 내팽겨진 그에게 그는 맹수처럼 울부짖었다.

"야! 고만 좀 해라, 이 못된 년아! 내가 뭐 어쩌고 어째? 야야야 역겨워서 못 듣겠다. 너네 집안이 누구 때문에 망하지 않고 이리 잘 굴러왔는데 넌 잘 알지?"

"갑자기 당신 나한테 왜 그래요?"

"어어! 왜 그래? 몰라서 묻냐?"

그러면서 주머니에 든 소형 녹음기를 틀었다. 그녀와 친정엄마가 나눈 얘기를 고스란히 다 듣게 된 것이다.

"당신 미쳤군요, 지금 이게 뭐예요. 지금껏 나를 감시하다 못해 이제는 도청까지 해요?"

그녀는 너무 어처구니없어 넋 나간 표정으로 울며 밖으로 뛰쳐나왔다. 이건 제대로 된 삶이 아니고 죄수 같은 삶이었다.

하지만, 더 위험한 사실은 시아버지의 아무런 문제없어 보이는 사업이다. 탄탄한 재정을 자랑하는 이면에 검은돈이 섞여 있음을 알았다. 그들의 거래처와 사업이 연관된 업체마다 비밀리에 사람을 붙여 당신의 회사에 조금이라도 틈을 보이거나 배신할 기미가 보이면 일명 족제비를 시켜 협박했다. 그러다 하나둘, 암암리에 온데간데없이 원인을 제거했다. 그 결과로 실종 내지 사고로 위장한 죽음이 도처에 종종 일어났다.

그녀 은지는 거의 갇혀 살다시피 했다. 만 3년이 다 돼 가던 무렵 시아버지는 며느리가 드디어 자기네 추악한 비밀을 알게 됐다고 믿어, 아무도 알 수 없는 지방의 외딴 요양병원에 그를 강제 입원시킨다. 핸드폰이나 당장에 쓸 돈도 없이 여행 가는 것으로 속여 그를 가두어버렸다. 왜 이 지경까지 왔는지 그녀는 자주 생각했다. 어느새 불면증이 왔고 그녀의 속은 자주 울렁거린다. 이대로 가다가는 곧 죽을 것 같아서 친정어머니가 매일 읽으시던 책이 떠올라, 키가 아담하고 통통한 사무실 여직원에게 성경을 구해 달라고 부탁했고, 다행히 며칠 전 퇴원한 환자가 두고 간 성경책을 받아 그녀는 살기 위해 읽어 나갔다. 그녀에겐 당장 심신의 안정과 위로가 절실했다.

2인 병실에 갇혀 빨리 탈출하고 싶었지만, 밤낮으로 그녀를 감시하는 어떤 덩치 큰 놈을 붙여 놓는 바람에 연락이나 탈출은 그리 쉽지 않았다.

그렇게 1년이 훌쩍 갔다. 아마 친정 쪽으로는 그녀가 해외로 장기 여행을 떠난 것으로 입을 맞춘 것 같다고 했다. 그녀는 철저히 계획을 짜야만 했다. 요양병원에서 받는 약들은 먹는 것처럼 속여 몰래 휴지로 뱉어냈고, 또한 말하기 좋아하고 성격이 쾌활한 정 간호사와 친하게 지내기로 했다.

시아버지는 졸개를 시켜 그녀가 있는 요양병원으로 과일이며 떡, 각종 간식거리를 종종 사다 주고 갔다. 그래서 그녀에 대한 이미지는 별탈 없이 보인다. 그냥 무난한 환자 중 한 사람으로 알았고, 남편이란 사람은 아예 얼굴도 보이지 않는 데다 관심조차 없었다. 그사이 어떤 희생자를 물었는지 모를 일이다.

하루는 밖에 서 있어야 할 체격 큰 족제비가 보이지 않았다. 그녀가 여기에 와서 처음 있는 일이다. 확인한 시각은 정확히 아침 9시 15분, 혹시나 해서 더 기다려 보기로 했다. 10시가 다

지나도록 모습을 나타내지 않는다. 그녀는 가슴이 뛰고 숨이 가빠 왔다. 갑자기 목이 탄다. 냉큼 미니 냉장고를 열어 350㎖ 작은 생수 한 개를 정신없이 마셨다.

그간 친하게 사귀었던 정 간호사를 찾아가 있는 대로 돈을 빌렸다. 산속에 있는 동네라 버스가 하루에 세 번 다녔고, 다행히 버스 타는 시간이 10분을 남겨 놓고 있어 어떻게 옷을 입고 나왔는지조차 생각나지 않았다. 다행히 탈출했다. 요양병원 앞 정류장에는 동네 농사짓는 아주머니 한 명과 등이 굽은 할머니가 간신히 지팡이를 잡고 버스가 오기만 기다리며 서 있었다.

흙먼지를 뒤집어쓴 시골 버스 한 대가 덜커덕 앞에 서자 그녀는 주위를 살피며 후다닥 차 맨 뒷자리에 잽싸게 허리를 숙여 몸을 피했고 앉은 모습을 최대한 보이지 않도록 옆으로 비스듬히 누웠다. 그녀가 밤에 찾아갈 곳은 아버지의 회사뿐이었다.

하루는 동식이 퇴근 후에 회사 옆 카페에서 만나자고 한다. 회사원들이 자주 이용하는 장소였고, 별생각 없이 그러자고 약속했기에 난 5분 전에 창가 쪽 의자에 익숙하게 앉아 있었다. 조금 후에 선배가 들어오는데 허겁지겁 주위를 둘러보는 표정이 예사롭지 않다.

"야야! 우리 다른 데로 가자."

"왜? 선배."

"그냥 일단 나와!"

내 손목을 급히 덥석 잡은 채 빠르게 밖으로 이끈다. 발걸음이 평소와 달리 급했고, 무언가 일이 있는 모양이다. 야근하던 날 밤에 은지를 사무실에서 만나 거의 새벽 1시가 다 되도록 둘은 대화를 나눴다고 했다. 그때가 3일 전이었고 지금은 자기 집에 노모와 함께 숨어 있다고 한다. 다행히 그가 사는 동네는 찾기가 어렵고 지대가 높은 위치에 있어서 밖의 풍경이 시야에 들어와 숨어 있기 좋다고까지 했다.

그녀의 지난 결혼 생활, 지옥 같던 얘기를 빠짐없이 들을 수 있었고, 얘기를 들으면서 순간순간 이를 악물게 되었다. 자주 힘을 주어 턱이 아플 지경이다. 바로 얘기하고 싶었지만 혹시 들킬 염려가 있어 조심하느라 지금 꺼낸다고 했다. 그날 회사 CCTV에 노출되지 않도록 조치해 놨다는 말까지 덧붙였다. 현재로서는 다른 방법이 없어 이렇게라도 그녀를 지켜주고 싶었다며, 잘한 일이었는지 내게 확인받고 싶은 눈치다. 나라면 과연 어떻게 했을까. 나 역시 주저함 없이 그처럼 했을 것이다. 그날 밤은 도저히 잠을 잘 수 없었다.

일주일쯤 지났을까, 몸이 뒤룩뒤룩 살쪄 움직일 때마다 눈길이 가던 사장이 하루 종일 보이지 않았다.

회사 일은 여전히 바빴고 처리해야 할 일이 산더미처럼 쌓여 있어 동식과 나는 문자로 대화를 한다. 아직까지 그녀는 불안해하며 노모가 정성껏 차려 준 밥상도 맘 편히 못 먹는다고 한다. 그래서 오늘은 죽을 사 가겠다고. 어떤 죽을 좋아할지….

맘 같아서는 그녀에게로 바로 달려가고 싶다. 하지만 모두가 그녀를 찾으려고 혈안이 되었을 텐데 그리 쉽게 움직일 수 없는 노릇이었다.

그 다음날도 여전히 사장이 나오지 않자 여기저기서 수군수군했다. 누구는 얼마 전에 사장이 화장실 뒤쪽 벽에 붙어 건달인지 모르는 두 명의 남자에게 봉변을 당했노라 했고, 누군가는 응급실에 실려 가는 걸 봤다고도 했다. 순간 오금이 저려 왔다. 그 말을 듣자 동시에 동식의 얼굴이 하얘지는 걸 보게 된다. 드디어 올 게 왔구나 싶었다. 이 난국을 어떻게 헤쳐 나가야 할지 우린 조심스럽게 문자로 나눈다.

'선배! 정말 몸조심해야 돼.'

'그래 알았어.'

'차라리 경찰에 신고하면 어떨까?'

'절대로 신고하지 말라고 그녀가 울면서 간곡히 말했어. 그러면 아주 집안사람 모두에게 보복할 거라고 하더군.'

'알았어. 고마워! 선배 나 대신해서라도 힘들지만 잘 부탁할게.'

그렇게 한 달이 흘렀을까 사장은 건달들에게 봉변을 당해 응급실에 바로 실려 갔다. 다행히 생명에는 지장 없었다. 회복이 쉽지 않아 아직까지 입원 중인데다 며칠 내로 퇴원할 모양이다.

다행히 은지는 서서히 안정을 찾아 음식을 어느 정도 잘 먹을 수도 있고, 불면증도 많이 호전됐다고 한다. 노모가 은지를 딸처럼 예뻐하고 은지가 심심치 않게 말동무도 돼 주어 동식 선배도 한시름 놓은 눈치다. 그간에 딱 두 번 은지를 만났다. 그녀는 동식의 말처럼 오랫동안 고통을 당해 왔다. 혼자 울며 힘들었을 지난 세월을 속히 잊게 해주고 싶지만 어디서부터 도와야 할지 그저 막막할 뿐이다.

당장 죽는 한이 있더라도 그 사악한 구렁에서 그녀를 건져내야 한다고 몇 번이고 다짐에 다짐을 한다. 다행히 우리를 미행하는 사람은 없었고, 우리는 여전히 언제 들이닥칠지 모를 두려움에서 벗어날 수 없었다.

우리 셋은 이 난관을 어떻게 해결해야 할지를 고민했다.

제일 좋은 방법은 그녀를 아무도 모르게 해외로 도피시키는 일로 결론이 났고, 그녀가 출국하려면 가짜 신분증이 필요했다. 다행히 그 방면에 도가 튼 동식이 친구가 돕기로 했다. 불법이지만 사람을 먼저 살려야 했다. 그러려면 자금이 필요하다. 다음에 취할 일은 동식이 먼저 사표를 낸 뒤 퇴직금으로 도울 예정이다. 아무래도 이사까지 가야 안전할 것 같다. 나까지 동시에 움직이면 오해받을 소지가 충분해 나는 모아 둔 적금으로 일부라도 일단 도와줄 계획이었다.

먼저 동식네 집을 회사와 멀리 떨어진 서울 외곽으로 알아보았다. 마침 바로 이사해도 되는 빈 집이 있어 주말에 이사를 했다. 짐도 얼마 안 되는 데다 함께 일을 도와주어 이사는 수월하게 끝낼 수 있었다. 동식은 노모의 건강 문제를 이유로 회사에 자연스럽게 사직서를 제출했다. 그나마 퇴직금을 받아 일은 평탄하게 진행되는 것 같았다. 적어도 겉으로 보기에는 그랬다.

사무실에 뻔질나게 드나들던 사장은 좀처럼 건강이 회복되지 않아 얼굴을 잘 비치지 않는다. 가끔 사내에서 마주칠 때 외에는 얼굴 보기가 예전 같지 않았고 모습 또한 초췌하여 거대한 몸이 금방이라도 쓰러질 듯한 기세다. 마음 한편엔 내내 죄진 신세였지만 되도록 평상시처럼 자연스럽게 행동해야만 했다.

은지의 비자금을 선배와 나는 최선을 다해 준비했다. 이사해서 보름 정도 지난날 동식과 은지, 내가 렌트한 차로 드디어 움직였다. 그동안 우리가 계획한 대로 공항에 가는 길이다. 앞으로 어떤 삶이 닥쳐올지 전혀 모르는 현재 상황을 서로 침묵하며 겸허하고 침착하게 받아들이고 있다. 공항에 도착하자 은지는 눈물이 그렁그렁 한 눈으로 고맙다고 한다. 울먹울먹한 목소리로 울고 있는 그녀를 동식이와 나는, 부디 잘 살기를 소원하며 차마 못 잊을 그녀를 멀리 보내고 말았다.

그리고 집에 돌아가는 길이다. 어느덧 한적한 길로 접어들게 되었을 때 교차로 앞, 왼쪽 커브길에 까만 마스크와 모자로 얼굴을 가린 20대로 보이는 남자가 오토바이를 쌩쌩 소리 나

　　　　　　　　　　　　식지 않은 토마토

게 달리며 운전석을 향해 돌진해 온 순간 차 앞면 유리가 쾅당 탕! 터지며 깨졌다. 순간 무방비로 있던 동식이와 나는 에어백이 터지는 사이 짧게 비명을 지르며 기절을 했다. 잠시 후 경찰이 출동해 온 모양이다. 갑자기 주위가 소란스러워 겨우 힘겹게 파르르 실눈을 떴다.

"눈 좀 떠 보세요."

"괜찮으세요? 몸은 움직일 수 있나요?"

경찰복을 입은 남자 두 명이 연신 묻고 있다. 바로 119구급차가 출동했고, 방금 전까지 운전을 했던 동식이는 창틀 밑으로 머리에 피를 흘리며 쓰러져 있다. 그런 동식을 차 밖으로 옮겨 여기저기 살피던 한 경찰관이 "사망했습니다."라고 보고하는 소리를 바람처럼, 어쩌면 공기처럼 흘러 들었다. 가까스로 눈을 반쯤 떠 그를 보니 뿌옇게 보이지만, 머리는 온통 피투성이로 끔찍한 상황이다. 결코 있을 수 없는 일이다. 어쩌다 이 지경이 되었을까 머릿속이 혼란스럽고 하얘진다.

나는 목소리가 잠긴 채 '살려 주세요. '살려 주세요.'를 혼잣말처럼 외치다 의식을 잃었다.

길고도 짧았던 시간이 지났다.

벌써 15년 전의 일이 됐으니 나는 당시 동식이를 그렇게 혼자 보냈다. 그때 그 충격으로 아흔이 다 된 노모는 시름시름 앓다가 이 세상을 떠났다.

사고를 낸 뺑소니 오토바이는 당시 본 사람이 없을뿐더러 그곳이 사각지대였던지라 별 방법을 동원해도 도저히 찾을 수가 없었다. 분명 은지의 시집과 관련된 사고일 게 분명했지만, 수사 기관과 검찰, 변호사까지 다 동원해 봐도 결국 아무런 단서를 찾지 못해 세월만 흘렀을 뿐이다.

그 사고로 먼저 동식이를 보내고 시간이 얼마 지나지 않았을 때다. 느닷없이 모르는 번호로 어느 낯선 남자에게 협박 전화를 받았다. 만약 내가 은지와 관련이 있다면, 소리 없이 죽여준다는 내용이었다. 섬찟하고 괴로운 심정이 채 가시지 않은 상황에 다시 불을 지른 셈이고 서둘러 결론을 내야 한다. 당시 지인에게 소개받은 한 변호사를 찾아가 상담했고, 먼저 범인을 알아내야 했기에 블랙박스를 경찰에 넘겼다.

다음날 준비해 놓은 사직서를 내고, 나는 아예 서울을 떠나 먼 지방으로 내려왔다. 어차피 독신이라 맘 잡고 떠나온 건 참 잘한 일이지 싶다. 그러다 어느 날 국제전화로 새벽 동 트기 전 전화 한 통화가 걸려 왔다. 바로 그녀, 은지다. 그녀는 예상대로 타인의 신분으로 살아가고 있었다. 모 레스토랑에서 점원으로 지낸다고 했다. 잠시 정적이 흐르자 내게다 동식의 소식을 묻는다. 그녀가 출국하던 날 사고를 당해 끝내는 사망한 사실이 못내 믿기지 않은 듯 재차 확인하고 물었다. 도중에 은지는 수화기 너머로 결국 오열하고 만다. 울음을 꺽꺽 삼키는 것을 그저 말없이 듣고만 있다. 애써 다독인다. 그녀의 나으려던

식지 않은 토마토

상처가 다시 벌겋게 피를 흘리는 것 같다. 그렇게 나눈 몇 분의 대화는 마치 수년 동안 잊으려 했던 악몽을 눈앞에 다시 상기시켜 주었다.

은지는 전화를 끊으며 이 은혜를 죽어도 잊지 않겠노라며 떨리는 목소리로 몇 번이나 말을 했다. 끝으로 사랑한다며 전화를 끊었다.

동식이와 나, 은지를 알던 해로부터 어언 15년이 지났다.

오늘은 산에 올라 잠시 오래된 의자에 앉아 깜박 잠이 들었다.

나는 나의 기억과 함께 20여 미터는 족히 될 성싶게 가지 많은 단풍나무가 되었던 것이다. 머리, 얼굴, 다리가 오직 하나의 몸으로 연결된 생명체였다. 사고하는 게 머리로만 아닌 땅속 깊게 뿌리내린 뿌리까지 사방에서 동시에 생각하고 말을 했다. 그건 몸 전체가 얼굴이고 가슴이며 다리이기도 한 이유였다.

유기적인 생명선, 한쪽 가지가 잘리면 온몸이 잘린 것이 되고 잔뿌리가 부러져 나가면 내 머리와 가슴, 심장이 다 부러진 것이 되었다.

시야에 보이는 숲의 온갖 나무가 다 같은 처지다. 그러다 보니 옆의 나무와 건너편 눈에 보이는 크고 작은 나무마다 예사롭지 않다. 왜냐하면 그들의 사소한 움직임 하나하나가 곧 그들의 모든 것들이기 때문이다.

결코 무시되거나 제외되는 일, 그 어떠한 제압 하나에도 생명체에게는 자신의 모든 것, 목숨을 거는 일이 되었다. 그래서 칠흑같이 어두운 밤에도 그들은 잠들지 않았고, 오직 나와 같이 소중한 생명을 위해 눈을 다 열어 놓고 목숨을 열어 놓아 서로가 서로를 지켜보고 있었다.

내가 너무도 똑똑히 지켜보았던 나무들의 세계, 그건 비록 오후 한나절의 꿈이었지만 나무가 되었던 두어 시간을 나는 평생 잊지 못할 것이다.

　　　　　　　　　　　　　　　식지 않은 토마토

꿈꾸는 빛을 살다

영수는 바짝 몸을 움츠린다. 더욱 조여 오는 답답함이 머리끝까지 치달았다. 분명 자신이 방문을 닫았고 방에 누워 땅콩을 먹으며 최근 잡지를 뒤적이고 있었다. 현관문은 닫았고 안으로 들어설 때 알아서 자동으로 잠겼을 터였다.

어느 순간 분명 잠가 둔 현관문 여는 소리를 들었다. '삐릭', '삐리릭' 누군가 내 집을 침입한 것이다.

'잠시 문을 열고 나가볼까? 아니야! 강도가 혹시 칼이라도 들고 덤빌지도 모르지!' 10여 초 동안 영수는 어떻게 하면 좋을지 갈팡질팡하다 자신의 옷장 안으로 잽싸게 들어갔다. 다행인지 이사 올 때 중고로 산 낡은 옷장이 안에서도 잠글 수 있게 되어 있었고, 집의 구조가 방이 두 개, 화장실 하나, 거실 겸 주방이 제법 갖춰진 기다란 직사각 모양으로 된 신축한 지가 오 년 된

3층짜리 빌라였다. 그 건물의 1층, 오른편 안방 옷장 안에 그가 갇혀있다.

밖은 잠깐 조용했다. 곧 두어 명쯤 있는지 두런두런 얘기 소리가 들린다. 그들의 말을 들어 보려 귀를 가까이 문에 바짝 대보지만 정확히 들리지 않는다.

'왜 내 집을 맘대로 들어왔을까 그것도 현관 비밀번호는 어찌 알고 들어왔을까?' 끊임없이 그런 생각을 하는 순간에도 시간은 흐르고 있다. 밖은 어느덧 침묵이 흘러 조용하다. '과연 언제까지 옷장 안에 있어야 할까?' 아직 그에겐 나갈만한 용기가 없었고 더군다나 겁이 많았다. 남자로 태어났지만 어떨 땐 여자처럼 섬세함과 여린 면이 많다. 외모까지 곱상해서 얼굴에 화장이라도 한다면 어쩜 여자로 보일지도 모를 일이었다.

소리가 들리지 않자 오히려 조바심이 인다. 조금 더 기다려보기로 하지만, 여전히 아무런 소리가 들리지 않자 지루함이 몰려왔다. 아마 1시간은 족히 지난 듯싶어 계속 귀를 기울여본다. 거실에서 두런두런하던 소리는 멎은 지 이미 오래됐지만 꿈쩍도 못 하고 있어 그의 심장은 폭발하기 직전이다.

깜깜한 옷장 안은 초여름을 맞은 그에게 딱 졸기 쉬웠다. 꾸벅꾸벅 졸다 황급히 눈을 떴고, 소리 나지 않게 살살 손잡이를 돌려 방으로 나왔다. 문 쪽으로 살금살금 걸어가 손잡이를 살짝 돌려본다. 거실은 아직 어두워지기 전의 연한 갈색빛을 띠었고 그곳엔 아무도 없다. 마치 자신이 뭐에 홀렸나 싶어 주위

식지 않은 토마토

를 살핀다. 식탁과 의자, 3인용 검은 소파도 그대로 있다. 기억하기에 조금이라도 흐트러지지 않았다. 그는 현관 비밀번호를 바꾸기로 맘먹는다. 혹시라도 숨어서 누가 훔쳐보지 않도록 노파심으로 여러 번 주위를 살핀 후 새 번호 네 자리를 꾹꾹 눌렀다.

다음날은 아무 이상 없이 하루가 지났다. 모처럼 친구들 모임이 있었지만, 그 얘기를 쉽게 꺼낼 수 없다고 생각했다. 오히려 자신을 이상한 놈이라고 치부할 게 분명했고 더 나아가 겁쟁이라고 힐난 받을 게 뻔했다. 현관문 비밀번호를 분명히 바꿔놨고 앞으론 그런 사태가 생기지 않을 거라는 자기 최면을 걸었다.

그날 밤은 거실에서 TV를 보다 잠들었다. 새벽 1시가 좀 지났을까 자다 갈증이 나 일어나 냉장고 문을 열어 보니 아뿔싸 이제껏 한 번도 보지 못한 꼬물꼬물 움직이는 물체가 있는데, 하나도 아닌 열댓 개는 되어 보였고, 그건 꼭 바람 빠진 검은 풍선처럼 보인다, 그는 어안이 벙벙하여 벌어진 입을 다물 수 없다. 잠시 냉장고 문을 연 채로 몸이 얼어붙어 꼼짝할 수 없었다. 정신을 차려 급히 핸드폰을 찾았다. 식탁 위에 놓은 핸드폰으로 현상을 촬영하고 그대로 나왔는지 확인해 보니 화면에는 원래의 냉장고 모습만 찍혔다. 다시 또 찍고 확인하기를 여러 번 해도 마찬가지다.

새벽 1시가 넘어 분침이 40분을 가리키고 있을 때 그는 시골에 계신 어머니에게 먼저 전화를 건다.

"으응. 여, 여보세요? 영수 아니가. 자다 말고 이 밤중에 무슨 일이가."

"엄마. 어, 엄마. 제 말 좀 잘 들어보세요. 지금 우리 집 냉장고에 풍선같이 주먹만 한 것들이 징그럽게 꼬물거리고 있어요. 이상하게 들리시겠지만 사람 주먹보다 좀 큰 것들인데 사진을 찍어도 안 나온단 말이에요.

"너! 자다 말고… 도대체 뭐라카노. 몬 알아 들겠다. 야야! 마 자고 내일 전화하자. 지금 아주 피곤하다." 뚝 전화기를 끊는다.

그는 다시 112로 전화한다. 두 번의 신호음이 울리자 전화를 받은 경찰은 말도 안 되는 소리라며 호통을 치더니 제발 잠 안 온다고 장난치지 말란다. 스물네 해 되기까지 절대 길지 않은 삶을 살아왔지만, 지금과 같은 상황은 도저히 일어나지도, 있어서도 안 되는 일이었다. 그는 조심조심 다시 냉장고 문을 열었다. 거기엔 아까 보았던 검은 물체들이 온데간데없어졌다. 고개를 들이밀어 구석까지 샅샅이 살펴봤으나 역시 마찬가지다. 다행이다 싶었지만 지금 일어난 일들은 결코 간과해서는 안 될 일이다.

다음날 오후엔 취업 준비생 몇몇이 모여 모의면접 연습이 있는 날이다. 그는 이제 막 대학을 졸업하고 몇 군데 이력서를 내고 기다리는 중이었다. 아침은 간단히 흰 우유에 곡물 시리얼을 먹는다. 집에서 나갈 약속 시각까지는 여분의 시간이 남아 있다. 그간 쌓인 빨랫감이며 미뤘던 청소를 한다. 구석에 벗어 놓은 양말과 수건을 다 모아 욕실 세탁기에 돌리니 속까지 시원하다.

거실 한쪽 책장 옆으로 세워 둔 건조대를 펼쳐 세워 빨아 놓은 옷가지들을 탈탈 털어 널고 다시 세탁기가 돌아갈 동안 청소기를 돌리고 티 걸레로 바닥을 닦았다. 점점 약속 시각이 다가왔다.

영수는 거울 앞에서 얼굴에 뭐가 났는지 꼼꼼히 살펴보며 산뜻한 미소를 지어 본다. 한쪽 눈을 찡긋 윙크하면서

"라연아! 잘 지냈어? 반가워!" 쑥스러운 듯 고개를 갸우뚱해 보며 한 손은 멋쩍은지 머리를 긁적인다.

"라연! 얼마나 보고 싶었는지 아니? 아마 넌 전혀 모를 거야 내가 후유! 이렇게 가슴이 아프도록 널 사랑하는 걸, 여기 요기 마음이 매우 아파." 영수는 어느새 자기 가슴을 문지른다. 거울에 비친 자신의 모습은 그다지 못생기지도 그렇다고 뛰어나게 잘 생기지도 않았다. 평소 못마땅하게 생각하는 개성이 없는 이유다.

그는 1년 전 처음 취업 준비 모임에서 라연을 만났다. 보자마자 무언가 강력한 계시와 같다고 해야 할까? 자신에게서 그녀에게로 뭔가 묵직한 영혼의 무게가 빠져나갔다. 그 순간에

그냥 그의 운명이라고 믿었다. 그의 온 정신과 혼이 그녀에게 빨려 들어가는 경험을 했다. 이후로 그녀만 생각하면 참으로 행복했고 입가엔 저절로 웃음이 나왔다. 내성적이고 부끄러움이 많은 그로서는 대놓고 고백할 용기가 없어 지금껏 짝사랑만 하며 속앓이를 앓았다. 그는 기회가 오면 그녀에게 꼭 고백하리라 다짐한다. 영수로서는 그녀가 자신을 그리 싫어하지 않고 좋아할 거라는 믿음이 있었다. 가끔 자신을 보며 미소를 지었고, 자신이 발표라도 할 때는 초롱초롱한 눈망울로 해맑게 바라봤던 기억이 났다. 어쩌면 이 모임도 그녀를 보기 위해 나가는 것인지도 모른다.

인디 핑크와 암청색 체크무늬 재킷으로 한껏 멋을 낸 그는 부지런히 문을 열고 밖으로 나왔다. 나가기 전엔 가스며 전기 코드가 OFF로 꺼져 있는지 확인하고 현관문을 닫았다.

총 다섯 명이 모이는 모임인데 오늘따라 라연 이가 보이지 않는다. 알고 보니 감기, 몸살이라 도저히 나올 수 없어 참석 불가라고 회장에게 말했단다. 듣는 순간, 마치 자신이 몸살이 난 것처럼 힘이 빠지고 한기가 돈다. 두통이 왔다.

'왜 이러지 왼팔과 오른팔이 힘이 빠지네. 어찌 몸도 으스스하다.' 느닷없는 증상에 그는 회장에게 급히 가야 할 일이 생겨 그만 가봐야겠다고 대충 둘러대며 자리를 떴다. 어떻게 집까지 왔는지 모른다. 약국을 들러 증상을 말하고 간단히 먹을 약으로 받아왔다.

식지 않은 토마토

그는 집에 돌아와 샤워하고, 초여름 날씨인데도 난방을 틀 정도로 떨려 안방에 부랴부랴 들어가 침대 이불에 눕는다. 아직 저녁을 먹기가 이른지라 약은 잠시 미뤄두었다. 누운 지 삼십 분이 되지 않아 잠이 들었다. 그의 이마엔 송골송골 식은땀이 흘렀고 자면서도 약을 먹고 자는 게 좋을 것 같아 저절로 눈이 뜨였다. 밖은 벌써 깜깜하다. 얼마나 잤을까 서너 시간을 내리 잤다는 게 놀라웠다.

그는 저녁을 먹으려고 냉장고 문을 열었다. 냉장고의 문을 여니 그곳은 신비한 세상이 시작되었다.

분홍빛으로 둘린 미니 세상, 분홍의 커튼으로 쳐진 작은 극장 무대가 있다.

어느새 영수는 관람석에 앉아 있고, 그것도 밀크색 말끔한 슈트를 입고 있다. 그런데 관객은 아무도 없고 자신 혼자만 덩그러니 한중앙에 앉아 있는 게 아닌가. 드디어 길게 드리워진 커튼이 열리더니 분홍과 빨강의 크고 작은 눈들이 보인다. 말로는 뭐라 딱히 설명할 수 없지만, 온몸에 박힌 눈들로 인해 그들의 심장과 그들의 생각이 고스란히 영수의 머리 안에 스캔되어 읽혀 온다. 겉으로는 서로 말하지 않아도 그들과 친숙한 교류를 하고 있었다.

그들은 계속 사랑이라고 한다. 그렇게 와닿았다. 누가 알려주거나 설명하지 않아도 저절로 깨우쳐졌다. 색채들은 하나의 인격처럼 세세한 몸체를 펼쳐낸다. 무수히 많은 점으로 말을 건네며 표현한다. 지금도 온 영혼, 온 전심과 뜻으로 알리고 있다.

첫 번째의 등장은 설렘과 감동이었다. 그들은 스스로 운명의 형상을 따라 조심스레 길을 걸었다. 누가 말려도 마땅히 가야 하는 통과 의례 같은 것이다. 보이지 않던 질긴 인생의 끈들이 서로서로 묶어 놓았다. 하지만 사람들의 눈에는 보이지 않고 볼 수도 없었다.

흐르는 시간을 타고 공기처럼, 때로 바람처럼 그들은 단단히 하나로 물들어 있다. 단 한 사람만이 자신과 같은 한 사람을 제대로 알아볼 수 있게 되었다.

'내가 갑자기 몸살 기운이 났던 것도 어쩜 이유가 있다면 그녀와 내가 하나로 물들어 있어 덩달아 아픈 것이라고 볼 수 있었다.'

두 번째의 형상은 그리움과 아픔은 동의어라고 표현한다. 그것은 서서히 자신 안에 두껍고도 놀라운 그리움의 동굴을 파낸다고 했고 땅 밑으로 아득하게 파 내려간 동굴의 깊이와 넓이 그리고 높이만큼 언젠가는 반드시 동량의 무게와 공간만큼 예리한 칼이나 뾰족한 송곳처럼 자신을 파헤친다고 했다. 하지만 사람들은 이 사실을 까맣게 잊은 채 아무런 제약을 두지 않은 상태로 누군가를 한없이 그리워하다 급기야 자신을 잃는 상황까지 간다고 했다.

자신이 만들어 낸 구역, 자신이 몸부림친 공간만큼은 꼭 건

더야 한다는 것이다. 그래서일까. 영수가 라연이를 보고 싶어 한 만큼 그의 가슴이 아리고 아팠다.

미리 알아 대처한다면 통증도 오래되지 않아 사라질 거란다.

어떤 이는 그 누군가를 온종일 하늘만큼 땅만큼 그리워한 대가로 그의 하늘과 땅에서는 온종일 눈물이 일었다. 그리고 울음이 일었다.

세 번째의 등장이다. 흑장미를 연상케 하는 입술이 유난히 검은 빨강이 숨을 헐떡인다.

한 사람은 곧 하나의 우주와 같기에 자신 안에 똑같은 크기의 우주를 품었으니 힘들 수밖에 없었다. 그렇다 한 사람, 한 생명을 사랑하는 일은 결코 만만할 수 없고 가볍게 생각할 수 없는 일이다.

그 사람이 기름진 자리나 메마르고 형편없어 보이는 구역질 나는 건초더미 위에 앉아 있다 할지라도 그의 지난 사랑의 기억을 지울 수는 없었다. 마치 징그러운 벌레가 꿈틀대며 어깨 위로 떨어져 도망가고 싶을 때가 있다 해도 또한 전혀 사랑한 일이 없었던 것처럼 깨끗이 지워내고 싶은 순간이 있다 하더라도 사랑으로 한번 물든 그들은 자신에게서 전혀 지워낼 수 없다고 말한다. 어쩌면 죽기 전까지도.

네 번째의 등장은 불이다. 우리를 살게 하는 뜨거운 불, 그 불에 바람이 멎고 햇빛이 비춰 세월의 그림자에 내가 점점 사그라들 때, 즉 나중에 불씨만 한 빛으로 남을 때는 가끔 하늘에서 날 선 갈퀴가 내려와 그 작은 불씨들을 완전히 살리려고 몸이 부서지게 불어 젖혔다.

오직 살리기 위해, 사람이 결코 사랑으로 존재할 수 있도록 크고 작은 시련이 몰려왔다. 그러다 죽기 전까지 이르렀던 불씨들은 고난과 시련으로 점차 살아났다. 드디어 큰불로 돌아왔다.

난 그대로 관중석에 있다. 그것도 내 의지와 상관없이. 그들이 나를 중앙에 앉혀 놓고 연신 내 주위를 에워싸며 공연을 했다. 이 일은 꿈이었고 현실이었다.

나중에 생각해 보니 처음 보았던 무언가 꼬무락대던 검은 물체들이 무언가 나에게 말해주길 원했던 것 같았다. 자다가 일어나 본 일이지만 지금도 그때의 일이 꼭 꿈꾸었던 일만 같고 나에겐 잊지 못할 특별한 체험이었다.

지금 생각해 보니 그 당시 두 번째 그것들을 목격했을 때는 예전처럼 전화를 걸어 그 누구에게라도 전혀 알리지 않았다는 사실이 떠올랐다.

그들은 자신들을 전심으로 있는 그대로 받아주고, 맘을 열어 그들을 알기 원하는 자에게는 빗장을 열어주었다. 자신의 모든 것을 알려 주기 원했던 것이다.

오늘은 새벽부터 이른 소나기가 온다. 창문 밖으로 굵은 빗방울들이 빠르게 창을 두드려 세상이 점점 젖어 드는 착각이

식지 않은 토마토

들게 했다. 그는 속이 출출해 가까이 있는 재래시장에 나갈 채비를 한다.

시장은 오십 년의 역사가 있는 만큼 전국적으로 알려진 꽤 큰 시장이다. 그곳은 없는 것 빼고 다 있다는 말처럼 일상 잡화부터 의류, 신발 등 양쪽으로 오백여 미터는 족히 상가들이 늘어선 곳이다. 오늘처럼 비가 오는 날엔 어김없이 어렸을 적 엄마가 해 주던 부침개와 순대, 떡볶이가 먹고 싶었다.

영수는 한 손에 장우산을 다른 손에 감자 부침개와 순대, 떡볶이를 사 들고 집으로 왔다. 아직 비가 많이 오는 탓에 양쪽 바지 끝단이 축축이 젖었다. 빨리 안으로 들어가고 싶었지만, 현관 앞에서 자꾸 머뭇거린다. 얼마 전에 본인이 직접 바꿨던 네 자리 비밀번호가 갑자기 생각나지 않았다. 바꾸기 전의 번호라도 기억이 나야 할 판이었지만 웬일인지 아무 생각이 안 나며 앞이 노래진다. 이 나이에 벌써 치매는 올 수 없다고 생각한다.

'내가 왜 이러지 못 산다. 못 살아. 누가 봐도 웃기는 상황이다.' 자신의 머리를 흔들어 보고, 그 자리에 서서 뜀뛰기도 해 본다. 현관 복도를 왔다 갔다 해도 전혀 기억이 나지 않는 건 마찬가지다. 주위를 둘러보니 공동 출입문 끄트머리쯤 가로세로 5㎝쯤 되는 노란색 바탕에 빨간 글씨로 행운 열쇠라고 적힌 종이쪽지가 보였다. 낡은 열쇠 명함이 반은 뜯긴 채 붙어 있어 다행이다 싶었고 그는 적혀 있는 번호로 전화를 걸었다. 신호는 가지만 한참이나 받지 않는 걸 보니 괜히 또 초조해 온다. 세 번째 이어서 전화를 거니 통화가 되었다. 나이가 팔순은 되어 보이는 목소리의 할아버지가 느리게 전화를 받았다.

현재 상황을 알린 후 출장비를 묻고서 빨리 와 주기길 부탁드렸다. 삼십여 분을 기다리니 그제야 할아버지가 우비를 입어 자전거를 타고 오셨다. 뭐라고 둘러댈 말이 딱히 떠오르지 않아 잘 아는 친구가 비밀번호를 바꿔놔서 전화했다고만 했다.

아무런 말 없이 듣고만 있던 할아버지가 검버섯이 여기저기 생긴 손으로 연장 하나를 찾아 챙기더니 어느 순간 현관문 도어록에 손을 대자마자 뜨르륵 문이 열렸다.

"학상! 우리 손주 하나가 대학교 다녀. 꼭 학상만 한 아가 있어서 하는 말인디, 다음번에도 친구가 맘대로 번호를 바꾸면 날 부르지 말고 바꾼 녀석한테 물어봐. 아직 학상인디 출장비가 비싸잖어! 그래서 말인디, 나가 오늘은 돈 안 받을랑게 그리 알아." 느릿하고 구수한 사투리로 할아버지는 애써 웃어주며 말한다.

"아닙니다. 비가 이렇게 많이 오는데 오시느라 고생하셨잖아요. 이거 받으세요."라며 영수는 공손히 받으시길 부탁했지만, 소용이 없었다. 손사래를 치며 하는 말은

"학상 아직 젊으니께 그저 열심히 살아. 그 수밖에 없어. 조금 돈 없어도 정직하고 성실하게 살면 그게 성공인 거여. 남 속이고 후려쳐서 부자돼 봤자 그 돈은 어딘가로 다 날아가게 돼

있어. 내 손자 같아서 하는 말여. 당장에 취직 어렵다고 이상한 생각 같은 건 절대 허지도 말고 어떻게든 살아야 허는 겨, 알았는감." 그러시고는 내 손을 꼭 잡아 주신다. 투박하고 거친 손이다. 세파를 다 헤쳐 나온 두툼한 손이었다.

영수는 어쩔 줄 모르고 그저 고갤 숙이며 여러 번 감사하고, 명심하겠다고 말씀드린다. 따뜻한 덕담을 안겨 주시고 출장비도 받지 않은 할아버지는 어둠 속으로 사라졌다.

안으로 들어온 그가 욕실로 향한다. 샤워하며 언제 할아버지께 감사 전화라도 한번 드려야겠다고 생각했다. 머리를 드라이어로 말린 후 그날 일기에는 자신에게 손자 같다며 하신 덕담과 따뜻한 격려를 해 주신 고마운 할아버지 얘기를 썼다. 자신에게 전한 말 그대로 기록했다. 밑의 칸에는 행운 열쇠와 전화번호를 쓰는 일까지 잊지 않았다.

일주일이 지났다.

중소업체 한 군데에서 1차 면접 합격 통지를 문자로 받았다. 오늘부터 일주일 후에 2차 면접 날이 잡혔으니 오전 10시까지 면접장에 참석해 달라는 내용이었다.

큰 기대나 욕심이 없던 회사였지만, 막상 문자 통보를 받고 보니 현관 도어록을 열어 주었던 할아버지 말이 떠오른다.

'조금 돈 없어도 정직하고 성실하게 살면 그게 성공인 거여.' 나지막하게 사투리로 말씀하시던 연세 있으신 할아버지의 말이 머리를 떠나지 않았다.

'아! 참, 전화로 감사 인사를 하기로 해 놓고 깜박 잊었네. 당신은 얼마나 서운하셨을까?'

영수는 일기장을 뒤져 본다. 낡아 구겨진 노란 명함 한 장에 행운 열쇠라고 써진 종이를 들고 핸드폰 번호를 눌렀다. 한참 신호가 가더니 연세가 있어 보이는 웬 할머니가 전화를 받았다.

"여보시유, 누구슈?"

"저 행운 열쇠집 아닌가요?"

"헉 흑 헉 에구 아이고." 할머니가 갑자기 울기 시작한다.

"네. 우리 영감님 할아버지인데 일주일 전에 비가 많이 온 날 열쇠 고쳐주러 가셨다가 자전거 타고 오는 길에 갑자기 뺑소니 차에 치여서 그 자리서 돌아가셨구먼. 벌써 장례까지 다 치렀어. 근데 왜 찾아. 이제 우리 열쇠 안 혀."

"여여… 잠깐만요. 여보세요? 할아버지가 돌아가셨다고요? 제가 그날 전화했던 사람인데요. 죄송합니다. 그런 일이 있었는지 전혀 몰랐어요. 할머니! 뭐라고 말씀드려야 할지 모르겠습니다. 그때 할아버지가 정말 제게 잘해주셨거든요. 그래서 감사 인사라도 드리려고 이렇게 전화드린 건데요 할머니! 실례가 안 된다면 댁이 어디신지 찾아뵙고 싶어요. 뭐라도 제가 도와드릴 게 있는지 모르겠습니다."

영수는 내심 마음이 아팠다. 뭔지 모르지만, 그의 몸 안에 꽉 차 있던 것이 모조리 빠져나간 것처럼 서 있던 다리가 휘청거린다.

출장비도 마다하고 그냥 어둠 속으로 사라진 할아버지! 비가 몹시 많이 왔는데도 직접 오셔서 디지털 키를 해결해 주고 가셨다.

이럴 줄 알았으면 차라리 안 오셨어야 했다. 그날따라 본인이 갑자기 비밀번호를 잊어버려 이런 사태가 난 것이다. 한 치 앞도 알 수 없는 게 사람이라고 하더니, 꼭 이런 일을 두고 하는 말인 것 같다.

다음 날 할머니가 전화로 알려 준 주소를 들고 골목길에서 번지수를 다시 확인해 본다.

같은 서울이건만 꼭 시골 같은 곳이다. 영수의 집에서 꽤 멀리 떨어진 곳이다. 경사가 있는 오르막길을 올라 세 군데로 나눠진 골목길 앞에서 어디로 가야 할지 잠시 머뭇거리다 행인에게 주소지를 물어 겨우 찾아왔다.

페인트칠이 군데군데 벗겨져 원래는 파란색 철문이지만 지금은 칙칙한 검은색 그대로 보인다. 삐걱거리는 문을 잡아당기자 마침 밖에 나와 있던 흰머리의 할머니가 뚱한 모습으로 그를 바라본다.

"안녕하세요? 이 집이 행운 열쇠 집 맞아요?"

"맞긴 하는데 누구신가?" 오기 전에 통화했던 목소리의 할머니가 눈이 부은 얼굴로 서 있다.

할아버지가 느닷없이 허무하게 가시는 바람에 아직도 슬픔이 가시지 않았고 아무 낙이 없다고 말하는 할머니의 모습은, 마치 마른 나뭇가지같이 위태로워 보였다. 가녀린 가지 사이로 겨울바람이 곧 불어닥칠 기운이었다.

내 생각을 아시는지 초라한 집이지만 이만 들어오라 하신다.

"이렇게 잊지 않고 와 줘서 고맙구먼, 내사 얼마나 얼마나 여기 바로 여기가 아픈지…." 할머니는 가슴을 여러 번 두드린다.

"그래도 우리 영감이 최고랑게! 영감이 막상 가고 나니까 내가 우째나 힘든지 몰러, 그날 저녁에만 안 나가셨어도 괜찮았으려나. 그래도 하늘이 데려가려면 어쩔 수 없는 기재. 근데 우리 영감이 살았을 적만 혀도 난 솔직히 고마운 걸 전혀 몰랐어. 마 사람이 난 자리는 안다고, 휑허더라고 집이, 옆에 없어도 내 옆에 꼭 있는 거만 같어, 믿어지지 않어. 참 젊은이 식사는 하고 왔남? 밥때는 좀 지났지만 내가 빨랑 차려올랑게 여깄어봐." 말을 마치자 부리나케 주방으로 가서 음식을 차려 온다.

영수는 딱히 배고프지 않았지만, 할머니의 정성에 몇 수저라도 뜨기로 했다. 시간이 얼마 걸리지 않고, 식탁 위엔 도라지무침과 시금치나물, 된장찌개 등 토종 음식들을 차려 내셨다.

"우리 영감이 요쪽에 있는 시금치와 된장찌개를 잘 자셔서 밥하고 두 가지만 있어도 맛나다고 엄청 좋아했으니께. 혁혁 껄껄." 맞은편 의자에 앉아 할머닌 연신 눈물, 콧물을 닦아 낸다.

"아휴 맛있게 먹겠습니다. 근데 뺑소니 차량은 아직 찾지 못했을까요?" 한술 뜨며 물어보니 지금 경찰이 계속 찾고 있지만,

아직 못 찾아냈다고 하신다.

영수가 사고 난 위치가 어디쯤인지를 묻자 지름길로 갈 수 있는 야산 밑의 작은 신작로 길이라고 했다. 그곳에 아들이 사고 목격자를 찾는다는 현수막을 달아 놓았다고 했다.

'어차피 집에 갈 때는 그길로 돌아가 봐야지'

식사를 끝내고 가방에 든 봉투 하나를 할머니에게 내밀었다. 극구 안 받겠다고 하시다가 마지못해 받으신다.

영수는 빠른 걸음으로 지름길로 난 야산 밑 신작로 길로 달려갔다. 그곳은 할머니 말대로 흰 바탕에 붉은 글씨로 쓰인 작은 현수막이 걸려 있었다. 할아버지의 간단한 이력과 연락처, 신고 시에 포상금이 있다는 얘기도 함께 적혀 있다. 바람에 펄럭이며 젖어 우는 빨랫줄처럼 처량하고 애달파 보인다.

도대체 그 시간에 어떤 일이 벌어졌던 것일까? 뺑소니차가 맞긴 한 건가? 이곳은 매우 한적한 곳이라 굳이 급하게 운전할 필요가 없을 것 같다.

다음날 영수는 일부러 그 장소에 다시 가 보았다. 어제저녁 무렵 봤던 그 이미지와 별반 다름이 없다.

그다음 날 다시 가 보았으나 딱히 다른 점이 없어 보였다. 하지만 왠지 그날은 그곳이 더 깨끗해 보였고 뭔가 달라 보였다. 왜 그런지 의문이 생기자 다시 꼼꼼하게 둘러보니, 누군가 그곳에 찾아와 빗자루로 바닥을 쓴 무늬가 남아있다. 영수는 핸드폰으로 사진을 찍어 놓았다. 그리고 급히 가까운 경찰서를 찾아가 담당 형사에게 사진을 보여주며 특이 사항을 전한다. 그 날 저녁에 경찰서에선 비밀리에 몰래카메라를 설치해 놓았다.

며칠 후 경찰서 담당 형사로부터 연락이 왔다. 바로 내원해 줄 수 있는지를 물었고, 영수 또한 흔쾌히 승낙했다.

아침밥을 일찍 먹고 오전 중에 경찰서에 들렀다. 담당자가 의자에 앉아 있다가 자리에서 일어서며 반갑게 인사한다. 그 옆자리엔 할머니도 와 계셨다. 우린 옆 사무실로 이동해 다 같이 모니터 앞에 앉았다.

"아이고 우리 형사님! 저기 텔레비전에 우리 영감 죽인 범인이 나온대요?" 할머닌 또 코를 훌쩍이며 눈물을 닦는다.

"자. 지금부터 앞에 있는 모니터로 몰래카메라로 촬영한 것을 볼 겁니다. 할머니 지금부터 눈 크게 뜨시고 잘 봐주세요. 아는 사람인지 봅시다." 형사는 조금 긴장된 목소리로 말했다.

모니터 전원을 켜니 새벽 시각이 나온다. 아무런 인기척 없는 곳에 웬 젊은 남자가 걸어오더니 사고 난 자리 중앙에 앉아 꺽 꺽 꺽꺽 울음을 참으며 통곡을 한다. 무릎을 꿇고 엎드려 한참을 울다 고개를 든다. 주위가 칠흑같이 어두워 누군지 윤곽이 잡히지 않았으나 얼마 있다가 느닷없이 얼굴을 알아챘는지 할머니가 소릴 질렀다.

"요요 여기 앉아 있는 사람이 우리 손주 준이인디 우리 준이 아니가 준이야 네가 왜 거기서 운다냐."

"잠깐 스톱!" 형사가 화면을 정지시키더니 할머니를 부른

식지 않은 토마토

다."

"할머니! 확실히 할머니 손주 준이가 맞습니까 한번 잘 보세요."

"그럼요. 지가 내 손주도 모른답니까."

지방에 살고 있다는 손주가 서울 어딘가에 있는 게 확실했고 뺑소니 사건과 무관해 보이지 않았다.

할머니 말로는 손주가 하나 있는 게 부모가 너무 버릇없이 애지중지 키워 공부는 안 하고 돈 쓰는 걸 좋아해서 사고 치는 걸 밥 먹듯 했다고 한다. 아들에게 화병을 얻은 어미는 병나 요양원에 있고 아비가 늘 손주 녀석 뒤치다꺼리하느라 힘들었다고 했다. 집안 사정을 알고 나니 일의 진행이 더 빨라진 듯하다.

나중에 알게 된 일이지만, 노름으로 사채까지 손을 댄 손주가 아버지 몰래 할아버지한테 돈 좀 갚아달라고 졸랐으나 '자신의 인생은 본인이 책임을 져야 한다고, 네가 스스로 해결해야 살 수 있다.'라며 나 몰라라 하니 손주 녀석이 사고 난 날 술을 진탕 마시고 할아버지를 미행하다 홧김에 차로 쓰러뜨려 죽게 했다고 자백했다. 그리고는 자신이 너무 괴로워 사고 난 자리에 몰래 찾아가 엎드려 잘못했노라고 이제는 열심히 살겠다며 엉엉 울부짖었다고 하니 사건은 종결된 듯했고 20대의 젊은 손주는 철창에 갇히게 되었다.

이틀이 지났다. 날은 더운 여름 날씨로 치달아 조금만 움직여도 땀이 고였고, 오늘은 영수네 집에 친구 세 명이 몰려와 이런저런 대화를 하고 있다.

집에 올 때 근처 마트에서 사 온 얼음 수박을 시원스레 잘라 먹었다. 대화 중에 할아버지 애기가 나왔고 영수는 생각난 듯 일기장을 펴 보였다. 다들 호기심 어린 눈으로 한줄 한줄 읽어 나갔다. 한 놈이 노인네 목소리로 크게 낭독을 하며 읽어가다 어느 대목에서는 목이 메어 울어버린다.

잠자코 듣고만 있던 수찬이 얼굴이 갑자기 하얘졌다. 미세하게 손까지 떤다. 친구 두 명은 전혀 모르는 눈치지만 유독 영수만이 무심히 지켜본다. 그러고 보니 요즘 며칠째 그와 통화하기 어려웠고 아예 전원이 꺼져 있던 적도 많았다.

화장실 좀 다녀오겠다며 자리를 뜬 수찬이가 한 참 만에야 얼굴을 내민다.

무슨 일이 있었던 것일까. 수찬이 아버진 현직 검사다. 수찬인 그 밑에서 엄격하게 자라 온 아이였고 바로 위의 형은 S대 출신이었다. 몇 년째 취업이 안 된 수찬이는 얼마 전에도 술을 잔뜩 퍼마시며 열등의식으로 꽤 힘들어했었다. 또 그는 종종 술과 담배로 스트레스를 풀곤 했다. 보기에는 점잖아 보여도 자신을 부질없이 학대하는 현 사회의 희생양이었다.

그가 언젠가 영수에게 했던 말이 생각난다. 자신을 전혀 인정해 주지 않는 아버지가 빨리 죽었으면 좋겠다는. 어쩜 그에겐 아버지로부터 단 한마디가 필요했을지 모른다.

'넌 너로서 빛나고 네 존재만으로 우린 행복하다.'라는 그런 종류의 말이다.

집에 왔던 친구들은 다 떠났고 다시 집 안에 정적이 흐른다. 모처럼 네 명이 모여 수다를 떨다 보니 밤 9시가 넘어 10시가 다 된다. 영수는 개운하게 샤워를 한 후 커튼을 쳤다.

순간 방안은 금세 새하얀 구름으로 뒤덮인다. 시야에 집 안의 원래 있던 사물들조차 점점 흰색과 흰 기운으로 뒤덮여 갔다. 마치 구름 위를 걷는 느낌과도 같았고 세상에서는 존재하지 않는 순결한 빛들이 그의 얼굴과 머리, 어깨 위로 쏟아져 내린다.

영수조차 그 빛들의 일부분으로 보인다. 말할 수 없는 기쁨이 세포마다 넘쳐나며 평온한 의식이 충만했다.

눈에 보이는 색은 우리가 익히 알던 흰색이 아니었다. 하늘과 땅만큼 확연하게 차원이 다른 하얀색, 말로는 뭐라 표현할 수 없기에 어쩔 수 없이 하늘의 흰색이라고 부르고 싶었다.

영수는 하늘의 흰색이 되어 무한한 공간을 이동했고 곧 그들의 언어를 들었다. 그들은 그것을 쉼이라 불렀고 안식이라 불렀다.

각자 누렸던 세상의 빛과 고유한 삶의 방식들이, 고착된 무늬와 색으로 펼쳐졌다. 어떻게 살아왔는지는 누가 설명을 안 해도 저 스스로 깨달았고 자신의 몸과 영혼에 눈으로 확연히 드러났다. 아무도 부인할 수 없었다. 과거를 아무리 지우려 애써도 각자가 남긴 추악하고 누추한 색들은 그대로 남아 스스로 상처가 되었다.

그때 어디선가 검붉은 예수의 피가 흘러왔다. 그 피에 적셔진 이들의 혼과 몸은 바로 하늘의 새 생명으로 태어나 영원을 살았다. 영원을 노래했다.

영수는 눈을 떴다.

자신이 소파에 앉아 잠깐 잠이 들었다가 깼고 시계는 30분이 지나 있었다. 비록 30분의 꿈이었으나 꼬박 한 달을 지냈다 온 것 같았다.

시간의 역습

깊고도 오래전부터 있던 동굴인지 모른다. 바다 밑 썰물의 잔해였다.

짙은 잿빛의 흉터를 눈으로 따라 더듬어 본다. 곧 밀물이 몰려와 새로운 세상을 꿈꾼대도 물밑의 숨은 구덩이들은 누군가를 빠트려 놓을 것 같다.

다인은 최대한 가슴을 쫙 펴고 숨을 휴우 내쉬어본다. 하늘은 서서히 진회색으로 변한다. 오늘 아침, 일기 예보에 비가 온다거나 날씨가 흐리겠다는 언급을 앵커는 한 적이 없다.

피부처럼 착 달라붙게 입은 민소매 원피스가 민망해 보이지만, 연한 살구색 원피스에 꽂혀 아무 생각 없이 입고 나왔다. 천천히 바닷가 해안을 걷고 걸었다.

약 4,500만 유효 화소의 35㎜ Fll Frame 사이즈 센서가 탑재된 캐논 카메라 EOS R5를 들고 마치 먹잇감을 찾는 굶주린 짐승처럼 움푹 진푹 파인 펄을 노려본다. 그러다 다른 현상이 오버랩 됨을 느낀다.

작년 봄이던가, 다인은 구순이 넘은 할머니를 처음 만났다. 미리 계획한 것은 아니었다. 그 할머니를 만남으로 인해 어제가 오늘 같고, 오늘이 어제 같던 삶이 바뀌었다. 마치 무덤 같던 무관심의 나날들, 버티기 힘든 무료한 시간에 질식하기 전 숨구멍을 틔워준 거나 다름없다고 믿었다.

다인이 혼자 사는 오피스텔에 들어서면 천장만 빼고 사방의 벽에 크고 작은 사진들로 빼곡하다. 오래된 오른편 창문 바로 밑에 누런 송곳 같은 앞니 두 개만 남은, 살빛이 까무잡잡하고 얼굴이 주름투성이인 할머니 사진이 걸려 있다. 살결이 투박한 검은 색과 청 갈색을 띤 중국 복건성의 장수마을 황하촌의 한 할머니다.

회사 출장 겸 여행을 갔던 마을에서 만났던 할머닌 시종 주위 사람에게 인상을 쓰고 있었다. 알고 보니 구십팔 세의 얼굴로 당신은 환히 웃는다고 웃었지만, 세월의 고통과 시름만이 남은 주름살의 얼굴은 웃는 것도 아니고 우는 것도 아닌 묘한 분위기를 자아냈다. 삶의 끝자락에서 건질 수 있는 보물은 분명 보이는 게 아닐 것이다. 보이지 않는 신비한 신념과 가치관이 그 몸 어딘가 숨어 있다가 이처럼 주름으로 나타난 것이었을 게다.

그 후로 다인은 깊게 팬 주름을 볼 때면 그녀 안에 꼭꼭 숨겨 둔 슬픔을 보았다. 고통 같았다. 다인은 그때 떨리는 손가락으로 할머니의 얼굴을 만졌다. 물론 정중하게 의중을 전하고 허락을 받아 낸 후였고, 만져 본 느낌은 뭐라 할 수 없는 거칠고 투박한 심줄 같았다. 다인이 즉석카메라로 한 번 더 촬영해서 바로 건네받은 노인은 자신의 얼굴을 보더니, 고개를 마구 흔든다. 허공에 손을 저었다. 싫다는 말 같아서 마저 주지 못하고 여행 가방 안에 그대로 넣어 두던 것이 지금은 그녀의 방 안에 걸려 있다. 왜 그랬을까? 죽음을 앞둔 현실을 애써 부인하는 뜻이었을까, 더 오래 살고 싶어 그랬을까. 아니면 단순히 늙은 모습이 보기 싫어서였을까. 문득 그 사진을 바라볼 때면 속에선 끊임없이 의문이 들었다. 언제든 죽음을 준비해야 한다는 생각을 떨칠 수 없었다.

특별했던 그 날이 생각나 훌쩍 카메라를 챙겨 서울에서 가까운 인천의 바닷가로 길을 떠나왔다.

처음 취미로 시작해 찍은 사진들은 그녀의 분신과도 같았고, 날카롭게 포획한 사냥꾼의 결과물과도 같다는 생각이 들었다. 그래서 인화할 때면 헛되고 허망하게 보낸 지난 시간을 꼭 되돌려 받은 것처럼 위로가 되곤 했다.

어느덧 그녀의 방안엔 동네 꼬마 여자아이가 분홍색 반소매 티셔츠, 너무 오래 입은 나머지 누런색으로 변해 얼룩지고 목둘레 부분이 한쪽으로 축 늘어진 옷을 입고 있다. 그것도 알 수 없는 비릿한 비 냄새와 함께, 우산 없이 비를 쫄딱 맞으며 뛰어가고 있었고, 순간 놓치기 아깝다는 듯이 다인은 셔터를 눌러 댔다. 그 사진이 주인의 허락도 없이 걸려 있다.

　최근의 이른 새벽녘이었을 게다. 느닷없이 공기를 마구 찢는 듯한 비명과 고함이 멀리서 아우성쳤다. 잠을 자면서 꿈이겠거니 생각하려 해도 멈추지 않았다. 갑자기 정신이 번쩍 났다. 창밖을 살폈다. 길 건너편에 있는 불과 5년 전에 완공된 신축 빌라였다. 4층짜리 아마 해뜸빌라 2층에서 불이 난 모양이다. '불이야! 불이야! 사람 살려.' 다인은 바로 침대 옆의 원형 탁자에 올려 둔 카메라부터 찾았고, 뷰파인더를 통해 요란하게 울리는 사이렌 소리와 구급차에 사람이 실려 가는 것을 마침 창밖으로 보았다. 불이 난 빌라는 차 한 대가 겨우 다닐 만한 골목 옆에 있었기에 새벽 3시경인데도 대충이나마 보인다. 그때 놓치지 않고 찍은 게 한 노인의 손이다. 바짝 마르고 주름진 손, 줌으로 찍었고, 고성능 고가의 카메라라서 왼손 손등에 약지와 새끼손가락 사이로 흡수된 검은 상처 자국도 자세히 찍혔다.

　그리고 며칠 지나지 않아 후회가 몰려왔다. 보통 사람의 성정 속에 자연스레 내재한 공감이란 감정을 자신에게서 결코 찾을 수 없다는 뼈저린 공허감이 그녀를 에워쌌다. 같이 걱정한다든가, 가서 도와주든가 해야 마땅하지 않았을까? 아무런 감정 없는 영혼처럼 사진에만 연연해 온 자신의 습관이 영 못마땅했지만 어쩔 수 없다는 듯 공범처럼 인정하고 말았다.

다인이 초등학교 1학년일 때다.

막 찬 바람이 서툴게 들쑥날쑥하게 불던 때이다. 하루는 목수로 지하 작업실에서 일하시던 아버지가 얼굴이 허애져선 안방으로 헐레벌떡 뛰어오셨다.

"여, 여보! 서둘러…. 아… 아, 아버지가 말이야. 금방 도… 돌아가셨대."

"네? 어떻게 왜요. 건강하시던 분이 갑자기 무슨 말씀이세요."

"음. 나도 자세한 건 모르겠고, 심근경색이 오신 모양이야. 빨리 다희랑 다인이 준비 시켜. 바로 출발하면 저녁엔 도착할 수 있을 거야."

"엄마! 할아버지가 죽었어?"

"다인아! 언니 어디 갔니? 맞다. 사거리 키가 큰 친구네 집에 간다고 했지. 내 정신 좀 봐. 빨리 가서 언니를 데려올래? 지금 대천 할아버지가 돌아가셔서 가야 한다고."

그날 가족은 얼이 빠진 모습으로 대천 해수욕장 근처에 사시는 할머니 집에 내려갔다. 아직 철없고 어렸던 다인은 그저 가족이 급한 일로 나들이 가는 줄만 알았다.

시골의 기와지붕에 대청마루가 꽤 널찍하고 마당이 운동장만큼 커다란 집이었다. 아버지, 어머니가 부리나케 안방으로 가시는 걸 보고 언니와 같이 쫄래쫄래 가보니 직사각형 모양으로 된 길 다란 안방에는 동네 아저씨들, 할아버지 할머니가 몇 겹으로 빙 둘러서 있었고, 어린 다인도 신기한 듯이 사람들 허리와 다리 사이를 비집고 바라보았다. 평소 얼굴이 자주 빨개지시던 할아버지가, 다 죽어 말라 비틀어진 고목처럼, 어쩌면 깊은 바닷속 용궁에 며칠 동안 빠졌다 나온 사람처럼 뻣뻣하게 굳은 자세로 푸르딩딩한 죽음의 얼굴을 하고 있었다. 여기저기서 몇 사람은 흐느꼈고 바로 옆방에선 연로하신 할머니가 목 놓아 울고 있었다. 부모님은 발 벗고 나서서 장례를 다 마쳤다.

그 당시 다인은 슬퍼서 운 게 아니라 마땅히 사람들이 울길래 따라서 울었다. 그래야만 될 것 같았지만, 언니인 다희는 엄마를 따라 소리를 내면서 펑펑 울었다. 다희는 진정 슬픔의 기억을 안고 아픈 정원을 걸었다. 거기엔 아무도 발 디딘 적 없는 희고도 푸른 안개가 자욱했다. 더럽고 추한 형체는 모두 덮여 결국 중요한 의미만 남은 곳이다.

그 당시 여덟 살이던 다인은 돌아가신 할아버지를 에워싼 채 구슬피 울던 사람의 모습들이 한편으론 의아했다. 마치 자신들은 영원히 죽지 않는데 왜 당신은 불쌍하게 죽어 이 자리에 누워 있는가 하고 속으로 자만한다는 느낌이 들었다. 자신도, 언니인 다희도 무척 사랑하는 엄마와 아빠도 먼지처럼 공기처럼 이 세상에서 사라질 것이었다. 그래서 죽은 사람은 재수가 없어서 빨리 죽은 게 아니었다. 그냥 먼저 간 것이라고. 틀림없이 천국과 지옥이 있다고 믿었다.

'예수께서 이르시되 내가 곧 길이요 진리요 생명이니 나로

말미암지 않고는 아버지께로 올 자가 없느니라 요한복음 14:6'
주일학교에서 암송한 성경 구절이 떠올랐다.

예수가 우리를 살리시고 구원해주시니 할아버지도 구원해
주실 것이었다. 그렇게 위로를 얻었다. 그리고 그때 할아버지
의 손을 보았다. 평생 농사를 지었으니 손도 할아버질 닮아 흙
처럼 돼 버렸다. 심지어 손톱은 진보라색 아기 곰 발바닥같이
툭툭 튀어나왔다. 그리고 손등에도 주름이 있음을 처음 알게
되었다.

잠시 후 밭의 이랑처럼 굽이진 주름이 자신에게 무언의 말을
걸어왔다.

'넌 나를 처음 보는 거니? 자세히 바라봐도 돼.'

'고마워! 넌 어떻게 했기에 그렇게 생겼어?'

'내가 자랑스럽지 않니? 사람들은 날 싫어해도 너만큼은 날
아껴줄 수 있지? 근데 사람들은 날 유심히 보지 않아. 날 잘 바
라보기만 해도 너만큼은 현명해질 텐데….'

'어떻게 해줘야 널 아끼는 건데?'

'나중에 내 생각나면 나를 사람들에게 기록해주고 알려줘.
그럼 난 무지 행복할 거야!'

가당치 않게 주름과 대화를 나눴다. 물론 마음속으로만.

세월은 뭐가 그리 바쁜지 옷에 깃을 세우고 날아갔다. 급히,
아주 눈 깜짝할 새에.

어제 새벽 해뜸빌라에서 불이 났었고 구급차에 몇 사람이 실려 갔었다. 다인이 나가는 방송국은 어차피 사회, 문화 쪽과 관련된 부서라서 다음 날 인근의 종합병원을 찾았다. 안내 데스크에 있던 쇼트커트의 여직원에게 도움을 받았다. 알고 보니 그 시간 응급실에 실려 온 이들은 모두 3명이었고 할아버지와 청년 한 명, 그리고 여자 중학생이었다. 할아버지 이름과 호실을 알려 준다. 이승복 할아버지로 나이는 팔순인 데다 현재 중환자실에 있다고 했다. 3층의 맨 끝의 오른편 코너를 돌면 바로 307호여서 급히 발걸음을 옮긴다.

다인은 굳이 할아버지를 만나야 할 명분을 생각해 본다. 다른 청년과 어린 여중 학생도 있는데 왜 하필 연로한 노인을 만나야 하는지, 점점 미궁에 빠졌다. 하지만 여덟 살 때, 대천 할아버지 장례식장에서 주름과 약속을 했던 일이 생각났고 꼭 지켜야 할 책임이 있었다. 자기를 사람들에게 기록해서 알려 달라고 하지 않았던가. 자기를 아껴주면 행복할 것이라고 했었다. 사람들은 더 현명해질 거라고 했던가. 다인은 걸어서 5분이면 갈 거리를 한 시간 거리처럼 천천히 걷고 있다. 무슨 말부터 꺼낸단 말인가. 머리는 복잡하지만 일단 만나서 부딪쳐 보기로 했다.

회사엔 취재차 병원에 들른다고 했기에 손톱만 한 부스러기라도 결과가 있어야 한다. 그러고 보니 급히 나오느라 아침을 걸러서 배속에선 꼬르륵 소리가 난다. 이럴 땐 살짝 당황스럽다. 307호실 문 앞에서 잠시 크게 심호흡하고선 명단을 확인했다.

스르륵 문이 열린다. 순간 그녀는 자신의 눈을 의심했다. 침대 발치 밑에 달린 이름표에 이승복 씨라고 분명 부착돼 있는데도 환자는 온데간데없이 없다. 침상은 짐조차 하나 없이 깨끗했다. 마침 옆자리에는 아래 배가 나온 중년 여성이 다른 환자 보호자로서 있었다.

"혹시 이 환자 어디로 갔는지 모르시나요?"

"아침 일찍부터 아예 자리에 없던데요."

그녀는 멍한 모습으로 1층 원무과로 내려갔다. 그제야 담당 의사와 간호사들이 놀란 눈으로 계단으로 황급히 뛰어 올라간다. 회사가 있는 여의도로 차를 몰고 가며 FM 음악 방송을 틀었다. 몇 번을 다시 생각해도 그 할아버지의 행동이 이해되지 않았다. 그녀는 습관적으로 라디오를 튼다. 그녀가 애청하는 정오의 클래식 산책 프로가 이제 막 사회자의 오프닝 멘트로 시작했다. 삼십 초반의 마음이 맑은 남자, 오성식은 자상한 목소리를 타고난 데다, 톤이 꽤 깔끔하고 안정적이라 그녀는 그의 목소리에 매료돼 이 프로의 애청자가 됐다. 하지만, 그날은 중환자실에 있어야 할 노인이 사라져 영 개운치 않았고, 라디오에 집중할 수 없었다.

갑자기 사회자는 말 중간에 속보를 전한다.

'속보 알려 드립니다. 오늘 이른 새벽에 구로구에 있는 섬석

동 해뜸빌라 2층 203호에서 불이 나 옆 층인 204호까지 불이 번졌습니다. 이 사고로 … 현재 세 명이 바른종합병원 중환자실에서 치료받고 있습니다. 단지 여든 살 되신 이승복 씨가 사라졌다고 합니다. 중계차에 나가 있는 김천우 기자를 연결해 보겠습니다. 네, 기자님! 그곳 상황이 어떻습니까?'

'네 이곳은 바로 오늘 이른 새벽에 신축한 지 5년 된 해뜸빌라 203호에 거주하던 나이 팔순 된 이승복 씨와 그의 손자 스물두 살 된 이경복 씨, 그리고 불이 번져 미처 피하지 못해 변을 당한 204호에 살던 열다섯 살의 배영희 양이 오늘 새벽 세시 십분 경에 실려 온 바른종합병원 3층의 307호 중환자실입니다. 분명 세 명이 들어왔지만, 이승복 씨는 아무도 보지 못한 사이 행방불명됐습니다. 경찰과 민·형사과에선 다각도로 수사를 펼칠 예정입니다. 오늘 0시 자정부터 오전 6시까지 병원의 외부와 내부 모든 병실의 CCTV를 하나도 빠짐없이 조회한다고 합니다. 신속하고 다양한 뉴스를 가지고 다음 시간에 만나 뵙도록 하겠습니다. 지금까지 FM 정오의 클래식 산책의 유은수 아나운서였습니다.'

다인은 무언가 생각이라도 난 듯이 급히 티볼리를 돌린다. 새벽에 찍은 카메라를 오피스텔에 두고 온 까닭에 마음이 급하다. 소형차인 자신의 차엔 다른 카메라를 쓰기 때문에 깜박 잊고 나왔다. 블루투스로 전화를 걸었다. 바쁜지 신호음이 계속 들리다가 통화로 이어진다.

"서 대리! 지금 오는 중이야?"

"네 부장님! 회사 쪽으로 가던 길인데요. 제가 집에 두고 온 게 생각나서 다시 집에 들렀다가 가겠습니다. 회의가 4시에 있죠? 딱 맞춰서 갈 수 있어요."

"무슨 소리야! 뭘 두고 왔길래 또, 돌아가 돌아가긴 야! 너 지금 미쳤냐? 그냥 와! 지금 화재 건으로 다들 정신없어 난리라고. 참 병원서 뭐라도 건졌더냐? 뭐라드나?"

"바로 그 중요한 단서를 놓고 와서 그래요. 끊어요."

"여, 여, 여보세…" 성미 급하고 다혈질인 최 부장은 얼굴에 오만상을 다 지었을 것이다.

아직도 삼 년째 대리를 맡은 다인은 사회 문화부 막둥이로 편집과 방송용 화보를 책임지고 있다. 사진은 그녀의 특기였고, 작업에 있어서 비중이 매우 컸다. 그녀는 얼마를 달렸는지 모른다. 아침부터 빈속이라 이젠 속이 쓰리기까지 하다. 가던 중간에 오르막길로 접어드는 골목에 '사십 년 된 원조 기사식당' 간판이 눈에 띈다. 건물 밖은 맛집 채널과 타 방송에 나왔었는지 곳곳에 조금은 어색하게 미소 짓는 몸집 있는 할머니가 장독대 앞에서 일하다 만 모습으로 앞치마를 두른 채 바라보고 있었다. 누가 봐도 얼른 들어가 먹을 참이었다. 마침 주차장도 비어서 주차하니 늦은 점심을 하려는 택시들이 차례로 들어섰다. 조용히 식사하려나 더욱 기대했는데 어쩔 수 없는 노릇이다.

"어서 오세요. 한 분이세요? 이쪽으로 앉으세요."

아주머닌 싹싹하고 친절한 미소로 맞는다. 그래서인지 식당 안이 시끌벅적해졌다.

"여. 이모! 오늘은 뭐가 제일 맛난단가. 무얼 먹는다냐. 알아서 뭐라도 빨리 줘요. 무지 배고프다니까."

"네! 네. 알았어요. 먼저 오신 분부터 드리고요."

뚝배기에 담겨 팔팔 끓는 뼈해장국이 나왔다. 다인은 공깃밥 하나를 미리 추가해 허겁지겁 먹는다. 이제야 살 것 같다. 공깃밥을 거의 반을 비워갈 무렵 반찬으로 나온 새끼손가락만 한 고추를 한입 물었다. 정수리부터 발끝까지 쨍한 통증이 올라왔다. 사라진 할아버지에게 말 못 할 통증이 있었을까. 홀로 사라질 수 있을까. 누군가로부터 협박받았거나 피치 못할 사연이라도 존재하는 걸까. 이런저런 상념이 몰려왔다. 한 공기와 남은 공기의 1/3을 먹고서야 일어났다.

문득 창밖을 보니 굵은 빗방울이 투둑 투둑 성기게 내리다 점점 가속도가 붙더니 투두둑 제법 많은 비가 온다. 계산을 마치고 비가 느리게 올 때까지 자리에 있기로 했다.

어디선가, 주방에서 두런두런 소리가 난다. 그녀의 귓가에 또렷이 들리는 말이 있었다.

"아니, 글쎄 이상하지 않아? 불나서 중환자실로 실려 간 노인네가 없어질 이유가 뭐 있겠어? 모르긴 몰라도 자기가 불 지르고 토낀거야. 잡힐까 봐!"

"아이고, 설마. 나이 드신 분이 그럴 리가요."

식지 않은 토마토

"말도 마! 지금 세상은 아주 개판이여 얼어 죽을 나이 타령은…. 사람은 절대 못 믿는다."

"그러게. 쯧쯧! 참말로 알다가도 모를 일여." 주고받던 대화는 이쯤에서 끝났다.

그녀는 문득 당시 새벽에 찍은 사진의 모습이 사실이 아닐 수도 있다는 생각이 들자, 다시 주름진 손을 떠올려 본다. 그렇다면 가짜 주름을 만들었을 가능성도 있었다. 비는 다행히 삼십여 분 만에 그친다. 조급한 생각에 서둘러 집에 들렀다. 십여 평 남짓한 오피스텔 5층이다. 카메라만 서둘러 갖고 나와 최대한 확대해 인화했다. 거기엔 처음에 보지 못한 숫자가 쓰여있는데 약지와 새끼 사이 오목한 곳에 있던 얼룩 속에 흐릿한 숫자 8864가 보였다. 최 부장에게 말하지 않고 사진을 건넸다.

하루가 지났는데도 뉴스에 별다른 소식이 없는 걸 보니 아직 실마리를 잡지 못했나 보다. 5년 전에 큰 이슈가 있었다. 미국 뉴저지주에 본사가 있는 Charm미용학회 연구센터 연구진들과 한국 우주대학교의 협업으로 바르고 먹기만 하면 주름이 단기간에 없어지는 획기적인 의약품이 출시된 것이다. 당시에는 며칠 사이 온라인과 오프라인에서 없어서 못 팔정도로 인기를 끌었다. 물론 다각적인 검증과 피부과의 철저한 수십 가지의 부작용 테스트를 완료하여 가격대는 수십만 원에 달했건만 사람들의 반응은 아주 뜨거웠다. 효과가 좋아 인기가 수그러들지 않았다. 시간이 흐르자 차츰 가격도 안정이 되었고, 바셀린처럼 약국에서 쉽게 구매가 가능하다 보니 사람들 얼굴과 목, 심지어 손에서조차 주름이 사라져 갔다. 피부는 탄탄해져 나이 든 태가 거의 없어졌지만, 신기하게도 걸음걸이나 말투, 몸매 에서는 세월의 연륜을 거스를 수 없어, 어딘가에 자신은 모르 지만, 나이가 숨어 있었다. 그래도 깊게 사귀거나 함께 지내보 지 않는 이상 나이대를 가늠하기가 어려워진 건 사실이다.

그래서 다인은 중국에 사는 주름 깊은 할머니를 쉽게 못 잊 고, 구급대에 실려 간 노인의 주름진 손을 잊지 못한 거였다. 하지만, 흐릿하게 보이는 암호 같은 숫자를 본 후로는 그의 손 이 거짓이었다는 나름의 결론을 내렸다. 사실을 그대로 알려야 하나 고민이 됐지만, 다음 방송 뉴스를 들어 보기로 한다. 그녀 가 근무하는 세알방송국 문화부 사무실에서 밀린 스크랩을 정 리하며 컴퓨터로 뉴스 화면을 주시했다.

SATV 7시 뉴스가 시작됐다. 정치며, 전국에서 잇단 사고 소 식을 전한다. 그러다가

"어제 새벽에 바른종합병원 중환자실에서 사라진 이승복 씨 가 한적한 경기도 시골 마을에 있는 한 모텔에서 숨졌습니다. 타살의 흔적은 전혀 보이지 않아 사인을 놓고 수사당국에선 국 립과학수사연구원에…" 그녀는 SATV로 연락하여 담당자를 찾 았고, 모텔에서 찍은 사진을 이메일로 받았다. 내려받은 사진 의 손등을 유심히 살폈다. 얼굴은 흰 천으로 덮여 있었고 아나 운서의 말대로 타살의 흔적이 없었다. 화면을 이백 배로 키워

간신히 손등을 본다. 까무잡잡한 왼손은 그림자로 살짝 덮여 있었고, 오른손은 확실히 보였다. 그녀는 왼손을 뚫어져라 보다가 소스라치게 놀란다. 그의 왼손은 특별히 주름진 손도 아닐뿐더러 사진에 인화됐던 기다란 점 같은 게 전혀 없었기 때문이다. 다인은 해야 할 일이 산더미처럼 쌓였건만 도무지 일이 손에 잡히지 않았다.

'왜 이러지? 내가 담당 형사도 아닌 데다 이 사건과 아무런 관련도 없잖은가. 그렇다면, 깊은 주름에 대해 아직도 나는 연연해하는 거다. 어릴 적 할아버지의 장례식장에서 주름과 대화를 나눈 이후로 내 오피스텔 방안엔 주름진 할머니 사진 몇 장과 예전 도서관에서 주름의 역사란 책을 빌려 찍어 둔 화보 사진이 걸려 있었다. 이 정도면 주름과의 약속을 지킨 거나 다름 없지 않을까? 나에게 뭘 더 원하는 걸까? 당시에 어린 나에게 주름은 자신을 아끼고 사람들에게 알려 달라고 말했었다. 그러고 보니 아낀 마음은 개인적으로 충분했다. 그렇다면 사람들에게 알리는 걸 못한 것 같은데 아직 난, 무엇을 알려야 하는지 알 수 없다.'

얼마 지나서 그 노인은 자연사로 밝혀졌다. 하지만 무슨 이유로 중환자실에서 시골의 모텔로 어떻게 이동했는지는 수사가 미궁에 빠진 채 여전히 의문으로 남아있었고, 다인도 맡겨진 업무에 충실해야 했기에 더는 기억에 남겨두지 않았을 때였다. 그로부터 일 년이 다 되어 갈 무렵이다. 여기저기 방송사에

제보가 들어왔다.

현현제약의 '그만사' 우중사의 '주르미' 피선제약의 '빠빠태'의 주름 제거 약을 바르거나 알약으로 복용해 온 사람마다 서서히 피부가 얇아지면서 무르거나 벌개진다고 하소연하기 시작했다. 피부과마다 이 문제로 예약이 벌써 꽉 차서 다른 피부 문제로 병원에 갈 사람들이 문제라는 지적이었다.

저녁 8시 KBC 뉴스에는 주름 제거제를 사용하지 않은 사람에 비해서 약을 복용하거나 바른 이들에게는 피부암이 걸릴 확률이 무려 여덟 배가 많아진다며 한수병원의 김만철 피부과 박사가 조심스럽게 말을 이었다.

처음 출시할 때만 해도 인체에는 전혀 무해하다고, 수십 년간 연구해 왔다고, 식약처에 승인을 받았다고 여러 말로 사람들을 안심시켰고 정부에서도 인정했다. 여러 회사의 약품을 누구나 살 수 있던 시스템이라 현재 문제가 제기된 회사는 1/5 정도. 그럼 나머지 회사의 약품은 어떻게 된단 말인가.

문득 다인은 뒤통수를 얻어맞은 것처럼 머리가 핑 돌았다. 잠시 어지러웠다. 급히 일어나 물을 한 모금 마시니 안정이 된 것 같다. 숨을 길게 내 쉬고 1년 전 화재 사건을 떠올렸다. 암호 같아 풀지 못했던 네 자릿수, 8864가 떠올랐다. 당시엔 도무지 알 수 없던 번호였는데 가만히 생각해 보니 주름제거약이 출시 돼 사용한 지가 어느덧 6년째 접어들었고 도처에선 여러 방송국에 끊임없이 제보가 들어왔다.

사람들은 제각각 팔팔한 청춘 같은 삶을 부러워한다. 누리고 싶어 한다. 제일 먼저 눈에 보이는 몸에서부터 젊어지고 싶어 하는 건 누구나 부인할 수 없는 사실이었다. 그래서 늙어 가는 순리를 막고자 주름제거약을 써 온 것이다. 이제껏 써 온 어떤 것보다 가장 강력하고 효과가 큰 약이다. 지금, 이 순간에도 수많은 이들이 애용할 것이었다. 굳이 의미를 부여하자면 886까지 납득이 되었다. 팔팔하고자 육 년째 써 온 것이기에 정확했다. 그럼 나머지 4는 설마? 사망한다는 말인가….

다인은 고개를 절레절레 흔든다. 있을 수 없는 일이다. 아니 있을 수도 있는 일이다.

주름과 못 지킨 약속 하나가 이것이었을까. 자신이 어떤 근거를 내세워 이 일을 알릴지 고민되었다.

그녀는 되도록 일을 서둘러 마치고서 시립도서관엘 갔다. 어떤 자료라도 필요해서다.

면역체계 활성화의 핵심 원칙에 관련된 여러 자료, 면역학에 대해 살펴본다. 면역학은 지난 한 세기 동안 노벨 생리의학상을 무려 10회 가까이 배출할 정도로 중요했다.

호프만 교수가 초파리를 이용해 선천성 면역을, 보이틀러 교수는 쥐를 이용해, 슈타인만 박사는 수지상세포를 발견했다. 찰스 제인웨이 교수는 '선천성 면역계가 제대로 작동하지 못하면 초기 방어에 문제가 생기고, 후천성 면역계도 효과적으로 작용하지 않는다.'라고 주장했다. 그의 주장은 매력적인 가설

로만 머물러 있었다. 포털 검색 지식백과에서 옮긴다.

그날도 일주일째 도서관을 찾았고 나름대로 내린 결론 중 하나가 면역체계의 붕괴에 있다는 데 일축했다. 물론 전문가가 아닌 데다 짧은 시일 안에 방대한 원인을 알아낼 수 없었지만, 현재의 그녀로서는 아무리 몸에 좋다고 하여도 결코 오남용돼서는 안 될 일인 것은 분명해 보였다. 다인은 평범한 시민으로서 SNS에 주름제거약과 오남용의 문제점을 살피고 절대로 사용하지 말 것을 촉구하고 다짐했다. 차츰 시일이 지나면서 하나둘 원인을 알 수 없는 사망 사고가 여기저기서 발생했다. 매일 TV 뉴스에는 이유를 알 수 없는 사망에 대해 끊임없이 보도되었고, 지금까지 이런 사태는 처음이라는 앵커의 말에는 섬뜩한 두려움과 떨림이 섞여 있었다. 이를 두고 말이 많았다. 사망자들의 공통점은 주름제거약을 처음 출시된 때로부터 6년째 꾸준하게 써 온 사람들이었다. 각계각층에서는 정부 홈페이지에 주름 제거 약을 판매하지 말아 달라는 청원이 계속 올라오고 있었고, 이익 관계에 있는 소수의 어떤 이들은 전혀 터무니없는 발언이라고 대응했다. 하지만 다인으로서는 시급했다. 우선 사람들에게 알리고 죽음을 막아야 하기 때문이다.

그녀는 뜻이 맞는 이들과 동호회를 만들었다. '주름을 사랑하자'를 모토로 약국 앞에서, 거리에서와 청와대 앞에서, 때로는 공원에서, 극장 앞에서 밤낮으로 발 벗고 나섰다. 그리고 사람들을 만났다.

식지 않은 토마토

'그것을 다시 알고 싶다', 'PD의 수첩' 등에서 촬영하기도 했다. 그사이 처음 한두 명에서 시작한 사망자 수가 짧은 시일 안에 전국적으로 퍼져 이젠 헤아리기 힘든 숫자로 많게는 수십 명씩 예고 없이 죽어 나갔다.

다인이 주도하는 '주름을 사랑하자.' 동호회는 회원 수만 벌써 수십만 명을 넘었다. 해외에서도 비슷한 시기에 동일한 이유로 주름약 판매 문제를 들고 일어났고 급기야 정부에서는 금일부터 모든 의약품 회사에서 6년 전부터 출시되던 주름제거약과 관련 있는 전 제품을 판매 정지시켰다. 위반 시엔 10년 이하의 징역이나 1억 원의 벌금에 처한다는 형량이 정해졌다. 약국에서도 자발적으로 모두 처분하기 시작했다. 더 이상의 인명 피해는 일어나서도 있어서도 안 되기 때문이다.

이 지경에 이르도록 우리는 무얼 했을까. 사람의 욕심이란 끝이 없어서 죽음 앞에 이르러서야 놓을 수 있었을까. 자신을 비롯한 수많은 여성과 남성들은 한결같이 늙지 않는 젊음을 꿈꿔 왔다. 세월에 대한 역습의 연속으로 여러 측면에서 많은 발전을 이루어 온 건 사실이다. 하지만 어디 사람의 욕망이란 게 여기까지라는 한계가 불분명하기에 이런 사태가 벌어졌다고 믿어 의심치 않았다. 자신 내면의 소리보다 타인에게 평가받는 일에 더 힘을 쏟았다. 다들 자신을 찾아야 했다.

보통의 사람들은 나이가 들고, 시간이 흐를수록 이마와 목, 손등에 자연스럽게 따라붙는 자신의 주름을 미워하고 증오했다. 주름 자체는 아무런 해가 없었지만, 다시 말하면 자신이 살아 온 세월과 발자취를 미워하고 증오했다는 말과 같은 말일 게다. 어찌 됐든 지금부터라도 주름을 아껴야 하고 사랑해야 한다. 그건 자신을 아끼고 사랑한다는 표현과 같은 말이다. 그래야 우린 살 수 있다는 걸 사람들이 점점 알아가고 체험하기를 진심으로 바랄 뿐이었다.

솔직히 다인도 이런 점에서 완전 자유롭다고는 말할 수 없는 게 이번에 사고로 터진 제품은 아니지만, 스킨에서 로션, 다양한 크림까지 기본적으로 콜라겐 성분이 들어가지 않은 게 거의 없기 때문이다. 하지만 오히려 이런 종류의 유익한 성분은 몸속의 유기적인 기능들로 인해 오히려 사람에게 꼭 필요한 생필품 같은 것이리라.

다니던 방송사에선 그녀의 확대된 활동 범위와 영역 앞에 본인의 업무 외의 시간을 쏟아 헌신적으로 하는 모습을 보고 그리 곱게는 보지 않았다. 그녀가 어느 정도는 예상했던 일이다.

그런 어느 날, 진즉 서랍 안에 준비해 둔 사직서를 제출했다. 최 부장은 조금의 미련도 없이 잘 됐다는 듯 무표정한 얼굴로 받았다. 그리고 붙잡지 않자, 이번엔 다인 먼저 "그동안 감사했습니다." 묵묵부답인 침묵이 7년의 근무 연수를 무색하게 만들어버렸다. 그저 조용히, 그리고 빠르게 그곳을 빠져나왔다. 그래도 '잘 가!'라든지 '건강하게 살아.'라고 뒷말이 있어야 했다. 곰곰 생각해봤지만, 최 부장의 상태는 뭔가 나사 한 개쯤은 빠진 것 같다. 그의 심중을 전혀 헤아릴 수 없다. 그녀는 그럴수록 정든 그곳에서 담담하게 나가기로 다짐한다.

처음 입사했던 7년 전, 돌이켜보니 마구 심장이 두근대며 뛰었던 그때가 아름다웠다. 일에 대한 자부심과 반짝반짝 빛이 나던 순수한 열정. 다인은 다시 그때로 돌아간 듯이 슬쩍 미소를 지었다. 잠시 후 카톡이 왔다.

'어이! 서 대리! 딱 한 달간만 휴가야. 그 후엔 세상이 두 쪽 나도 나와야 해. 잘 쉬어. 참, 휴가비로 좀 챙겨 넣었으니 확인해 봐.'

무심타 했더니 이러려고 그랬나. 핸드폰에 알림이 떠 있다. 최승길 1,000,000 입금.

지금으로선 한 달 후를 예측할 수 없다. 방송일도 중요하지만, 현재 몸으로 뛰는 일 또한 버릴 수 없다. 한 생명이 온 천하보다 귀하다 하지 않던가…. 기다란 야외 계단을 내려가다 언제 올 수나 있을는지 잠시 방송국 건물을 뒤돌아보았다.

다인의 SNS 계정에 댓글이 줄줄이 이어진다. 최근 며칠 전부터 1년, 2년. 몇 년 동안 문제의 주름 제거 약을 복용해 온 이들이다. 표현은 다르지만, 결론은 지금부터라도 과감히 끊겠다는 다짐과 의견이었다. 그러면서 감사와 고마움을 전했다. 중간에 한 번씩은 차라리 늙고 추레하고 초라한 모습으로 오래 사느니 차라리 언제 죽어도 짧게 살고 싶다는 이도 물론 있었다.

흰 바람 요즘 뭐가 그리 시끄러운지 모르겠네요. 전 그냥 하던 대로 당장 죽는다, 어쩐다 해도 먹고 바르던 약 쓰다가 하루를 살아도 예쁘게 살다 죽을래요.

모닝 미쳤네. 미쳤어.

휘파람 당신이 뭐 전장에 나간 용사예요? 그건 다 허세인 거 모르시나요. 당장 병원 응급실이나 중환자실, 아니 병실에라도 가 보세요. 건강이 얼마나 소중한지… 하루하루가 얼마나 소중한지 몰라서 그래요?'

편한 오후 흰 바람 님! 빨리 정신 차리세요. 당신 가족은 걱정 안 하시나요. 결혼하셨는지 몰라도 아니, 혼자시니 철없는 소리 하시겠죠. 아이들은 어쩌시려고요.

미소 맞소. 맞소 짝짝짝! 지금이라도 늦지 않았어요. 얼굴이, 젊음이 우릴 밥 먹여주고 살게 하는 거 아니잖아요. 빨리 꿈 깨고 정신 차리자구요.

누군가 얼토당토않은 글을 올리면 몇십 개씩 그를 향한 안타까운 충고와 쓴소리가 이어졌다. 그녀는 그렇게라도 자극을 받아 빨리 죽음의 약에서 벗어나기를 바랄 뿐이다.

내일 오후엔 회원들과 정기모임 자리가 있는 날이다. 최근에 캠페인 활동에 쓰일 무료 선물비가 필요했던 터에 최 부장이 보낸 휴가비가 요긴히 쓰일 줄 몰랐다. 한시름 놓은 것 같아 맘이 다 가벼웠다.

시간이 흐를수록 미디어와 각종 언론은 다퉈 아직도 몰래 휴대하고 있거나 숨겨 놓은 주름 제거제가 있다면, 속히 버리기를 촉구했다.

이번 사태가 이렇게까지 일이 커져 죽음과 직결되게 된 건 아마도, 마치 바벨탑을 끝도 없이 쌓아 하나님보다 더 높아지려는 인간 속성의 교만이자 고집과 같다는 생각이 들었다.

시간이 흐르자 먼저 결심하고 약을 끊은 이들의 얼굴과 목에선 서서히 주름이 돌아오고 있었다. 하지만 약을 챙기며 변화된 팽팽한 이마와 매끈한 목선을 자랑하던 그 시절, 관리하지 않은 이들을 향해 비하하고 멸시하던 분위기는 사라져 갔다.

두세 명씩, 여럿이서 모인 모임에서는 자연스럽게 한 줄 두 줄 주름이 살아 돌아오는 이들을 보고 부러워하며 기뻐해 주었다. 그건 건강하게 살기로 결단한 의미였고, 겉치레가 아닌 진정한 자신을 찾으려는 용기이기 때문이다. 그들이 바로 대화의 주인공이자 목표가 되고 있었다.

다인은 습관처럼 거울을 보았다. 나이 사십을 바라보는 얼굴에는 약하게나마 희미한 주름의 자욱이 살짝 이마에 보이는 것 같다.

'주름아! 앞으로도 널 계속 아끼고 사랑해 줄게.'

당신 안에 네가 있다

　　　　　　　푸른 동해가 내려다보이는 청대산 기슭이
다. 바람처럼 바다 위에 흩어진 내가 보인다. 자유로운 비행이
었다. 맘껏 소리를 질러 보고 노래 부르다 빙빙 돌았다. 세상은
잠시 휘청이다 내가 중심을 잡으면 따라서 돌아왔다.

　한 달 전 강원도 속초시 조양동으로 이사를 왔다. 푸른 동해
가 마치 지상의 마지막 비상구 같다. 십여 가구가 모여 사는 이
곳은 시간이 지나다 멈춘 곳처럼 공기마저 느릿하다. 집 뒤편
엔 언제든 마음을 비울 청대산이 대숲을 이룬다. 바다가 그리
울 때면 짬을 내서 속초에 있는 동해를 보러 왔었고, 온통 주변
에 소나무가 무성한 청대산을 다녀간 적이 있기에 주저 없이
이곳으로 온 것이다.

　해발 230.8m로 언제든 맘 편히 오를 수 있는 이 산이 좋았다.
　서울에 살 때, 지인에게서 선물로 건네받은 고양이 '향이'와

함께 산다. 내가 왜 이곳으로 이사 왔을까. 서른을 곧 넘겨, 어리지도 그렇다고 나이를 운운할 만큼 연륜의 세월을 살아온 건 아니다. 단지, 속된 말로 잘 나가는 강남의 입시학원 강사였다. 내 이름이 학원가에 알려져 여기저기 학원장으로부터 스카우트 제의가 왔지만, 선뜻 내키지 않았다. 그냥 시름시름 앓았고, 어딘가 구멍 난 바퀴처럼 내 안의 의욕이 시들어갔다. 주변에선 소개팅이다 뭐다 새로운 시발점이 필요하다며 결혼적령기인 나이를 열심히 언급했지만, 크게 신경 쓰지 않았다. 그러던 어느 날 종합검진을 받았고 결과는 상상외로 신체에 아무 이상이 없음을 담당 의사는 웃음 띤 얼굴로 일러 주었다. 키가 177㎝, 몸무게 73㎏이며 안경 낀 시력이 좌우 1.0이다. 피부는 평균 한국 남자의 표본과 같고, 생김새 또한 평범하다. 어디선가 많이 본 얼굴 같다는 소리를 많이 듣는다.

돌이켜보면 남을 위한 시간, 남을 위한 노력, 나보다 남을 의식한 일들로 살아왔다. 학원 일만 해도 학생들보다 학부모 눈치를 더 봐야 했고, 그들의 고급 취향에 맞춰 입는 옷에도 투자해야 한다. 심지어 점심시간에 그 흔한 라면 한 번 먹지 못했다. 누구누구는 청승맞게 편의점에서 라면이나 먹는다며 학생들에게 무얼 가르치는지 의심된다는 말까지 나돌 정도니, 티셔츠 하나를 입어도 그들이 인정하고 알아주는 브랜드를 입어야 별 탈이 없음을 누구나 알고 있다. 평균 잣대에 맞추기 위해 나의 개성은 점점 사라졌고 웃을 일이 없어졌다.

식지 않은 토마토

어느 날 옷가게를 간 적이 있다. 원래 내가 선호하는 스타일은 편한 청바지에 티셔츠 차림인데도 꼭 남의 옷을 입은 것마냥 불편해졌다. 다시 슈트를 입고 나서야 숨통이 트였으니 틀림없이 문제가 있긴 했다. 더군다나 여자를 만나 대화할라치면 오직 입시 준비에 찌든 사고방식이라 쉽게 자유롭거나 창의적인 어휘를 말하기 힘들어졌다. 자연스레 상대방은 나를 재미없는 사람으로 치부했고 연락을 멀리했다.

연봉은 몇 배로 올랐으나 진정한 휴식이 필요했다. 한마디로 삶의 의욕을 잃었고 입맛을 잃었다. 반드시 나를 찾아야만 했다. 10년 가까이 일해 온 영어 강사를 사직하고 십 년 전 친구들과 첫 여름휴가로 왔던 이곳에 무작정 짐을 싸 들고 내려왔다. 가족들은 갑자기 타지로 떠나려는 자신을 이해하지 못했다. 황금기와 같은 지금 굳이 지방에 가야만 하는지 답답하다고 했다.

하지만 내 입장은 정반대다. 제일 소중한 나를 잃고 살 바엔 다른 아무것도 소용없는 일이 되고 만다. 내 안의 자아가 소리 없이 질식하여 죽어 간다면 누가 날 살릴 것인가. 아무리 생각해도 세상에서 가장 시급한 일이 내가 사는 일이었다.

내려오니 다행인지 빈집이 하나 있었다. 철근콘크리트로 지은 대략 14평 되는 집이다. 동네 이장에게 부탁하여 주인을 만났고 혼자서 그것도 여행 가방 하나 달랑 들고 내려온 내가 청승맞아 보였던지 거의 반값에 사게 되었다. 30여 평의 오피스텔에 비하면 턱없이 좁지만, 맘은 홀가분하고 훨씬 편하다. 이 곳에선 오직 내가 결정하고 판단하며 스스로 모든 걸 해내지 않으면 안 된다. 아침밥 짓는 일부터 청소하고 잠자리에 들기까지 나를 간섭하거나 조종하는 사람이 아무도 없어 자유로웠다. 서울살이보다 육신은 불편했지만, 전혀 피곤하지 않았다. 세탁기나 흔한 밥솥 하나 없이도 그때그때 해결해 나아가는 자연인이 다 되었다. 십여 채가 사는 마을까지는 걸어서 5분에서 10여 분이 소요되며 다시 10여 분 걸어가면 읍내로 가는 버스가 1시간에 한 번씩 정차한다.

오늘은 미뤄뒀던 빨랫거리를 챙겨 집 앞마당 건너편에 있는 수돗가에서 빨래해야겠다. 마음먹고 살려면 살 수 있는 세탁기를 들이지 않았다. 문명의 이기에서 벗어나고 싶었고, 어쩌면 몇십 년 전의 아날로그적인 생활로 돌아가고 싶었다. 아마 직접 물에 손으로 빨면 마음까지도 더 깨끗해질 것이라는 게 나의 바람이며 기대였다.

입시학원에서 점심시간마다 먹고 싶었던 라면을 종류대로 한 박스를 사 놓았고, 쌀이며 반찬거리 몇 가지를 직접 준비해 놨다. 오늘도 점심때가 되자 라면에 계란을 퐁당 넣어 러닝에 팬티 바람으로 라디오를 들으며 먹는다. 이건 완전 자유롭다 못해 해방이다. 매일 갖춰 입던 정장에 넥타이를 매지 않아도 된다. 새벽부터 밤늦게까지 칠판 앞에 시달리지 않아도 된다. 나의 시간은 빈 종이 그대로 내 공간과 시간 앞에 놓여 있다.

식지 않은 토마토

이 점을 생각하니 자신도 모르게 라면을 후루루 먹다가 빙그레 웃음이 났다. 현실이 믿어지지 않아서이기도 하거니와 앞으로 어떤 일들이 펼쳐질지 어린애처럼 설레고 궁금했다.

산과 들은 6월의 끄트머리에 다다랐다. 주위는 진초록으로 녹음이 짙어가고 바람결 따라 나뭇잎들은 고개를 끄덕인다. 개운하게 빨래를 끝낸 뒤 점심을 먹은 나는 잠시 쉬려 방바닥에 향이와 나란히 누웠다. 깜박 잠이 들었나 본데, 문밖에서 인기척이 났다.

"계십니까. 누구 안 계세요?" 이 집에 이사 와 사는 동안 처음으로 외부인이 온 것이다. 자다 말고 너무 놀란 나는 바로 대답을 못 했다. 혹여 잘못 들었을 수 있는 일이라 조금 더 기다려본다. 하지만 곧이어서 같은 소리가 들린다.

"계십니까? 누구 안 계세요?"

잠결에 눈을 뜬 나는 엉겁결에 일어나 문고리를 잡고 말한다.

"누구세요?"

"당신은 누구십니까? 당신의 마음을 만나러 왔습니다."

"이 집에 이사 온 사람인데요. 누구시라고요?"

"난 당신의 마음입니다." 물소리 같이 맑고 투명한 목소리다. 성별을 단정 지을 수 없는 소리였다. 난 급히 문을 열고 맨발로 밖을 나와 문 주변부터 주위를 둘러본다. 문을 연 지 1분도 채 되지 않은 시간에 애당초 누가 왔다 간 흔적이라고는 찾아볼 수 없다. 그날은 온종일 싱숭생숭했다. 내가 잠결에 잘못

들은 것일까에 대해 의심이 들었지만, 분명 누군가와 말을 주고받았다.

다시 하루가 지나고 시골살이의 바쁜 날들이 휙휙 지나갔다. 틈날 때마다 뒷산에 올라 땔감을 준비해야 하고, 스스로 찬거리도 만들어 놔야 한다. 종종 마을 이장과 동네 어르신들이 우리 집을 들른다. 아마 혼자 사는 젊은 총각이 궁금했을 터였다.

도보로 5분 정도 살짝 경사진 오솔길을 내려가면 혼자 사는 할머니가 하루건너 갓 따온 호박이며 상추, 심지어는 팔팔 끓는 소고기미역국까지 놓고 가신다. 오다가다 마을 분들은 그냥 지나치지 못하고 뭐 하나라도 토방 위에 놓고 가셨다. 도회지와 달리 따뜻한 인정으로 살아가신다.

처음으로 우리 집에 방문했던 누군가의, 아니 나의 마음이라는 소리로부터 일주일이 지난 어느 날, 이제 막 7월에 접어든 여름인데도 산속의 아침, 저녁은 몹시 한기를 느낀다. 그날은 이른 새벽녘에 자다 말고 추워 잠에서 깬 직후였다. 밖의 아궁이에 불이라도 붙여 볼 심산으로 멍하니 잠깐 앉아 있는데

"계십니까? 당신의 마음이 왔습니다." 일주일 전에 들었던 그 소리와 똑같아 너무 놀란 나머지 부엌 방향으로 난, 얼굴 크기만 한 창문을 통해 밖을 살펴본다. 정말 신기하게 이번에도 아무도 보이지 않았다. 난 다시 방문 쪽으로 다가가 쿵쾅대는 마음을 다잡고 말을 꺼낸다.

"전에 오셨던 분 맞으시죠? 안으로 들어오시겠어요?" 말을

식지 않은 토마토

끝내자마자 밖의 상황을 기다려 본다.

"네 맞아요. 전에 한 번 왔었어요. 저는 직접 눈으로 볼 수 없고 마음으로만 보입니다. 전 당신의 마음이라 당신을 보러 온 거예요. 전에는 당신을 전혀 볼 수 없어 돌아가야 했지만, 지금 당신의 마음을 만났어요. 당신은 이제 동이 터 오는 아침과 같습니다. 여기저기서 활기차고 쾌활한 아침의 햇살과 밝음이 있습니다. 성경에도 '무릇 지킬 만한 것 중에 더욱 네 마음을 지키라 생명의 근원이 이에서 남이니라.'라고 했잖아요. 마음은 이처럼 소중합니다. 당신이 타인의 마음을 보게 되면 같이 지키십시오." 귓전에 울리던 소리는 여기서 멈췄다.

아무튼 당시의 상황을 선명히 기억하고 있다.

다음 날은 그간 쌓인 피로가 겹쳤는지 으슬으슬 몸살이 왔다. 혼자서 아픈 일은 제일 서러운 일이다. 그저 이불을 덮은 채 오전 내내 끙끙 앓아누워 있다 보니 시장기가 돈다. 일어나 작은 솥단지에 쌀을 안치러 나왔다. 아래 집 할머니가 호박 한 개, 가지 두 개, 그리고 검은 봉지 안에 떡 한 덩이까지 놓고 가셨나 보다. 다행히 요긴하게 아침을 챙겨 먹었고 몸도 정상으로 돌아온 것 같아 마침 감사하다는 인사도 할 겸 남씨 할머니 댁에 도착하자 낮은 대문 초입에 하나의 마음이 보인다.

손바닥만 한 요트를 남씨 할머니가 꾸역꾸역 타시겠다고 한다. 파도가 몰아치는 바다에 장난감 같은 요트를, 그것도 혼자서 타고 가신다고 하여 난 갈 수 없다고 말리려 하자 금세 사라저 난 정신없이 문을 두드렸다. 아무 소리가 없다. 두어 번 더 두드리다 뒷문인 쪽문으로 안에 들어가 보니 아뿔싸 거실 바닥에 할머니가 옅은 수박색 한복을 입은 채 대자로 엎드려 있고 흔들어 불러도 대답이 없자 급히 119를 불렀다.

"여기 할머니가 쓰러지셨어요. 좀 빨리 와 주세요. 의식이 없습니다. 급해요."

정신없이 주소를 찾아 말했다. 다행히 곧바로 구급차가 와 대원 한 명이 급히 인공호흡을 실시한다. 숨을 쉬게 된 할머니를 등에 둘러업고 차 안의 간이침대에 급히 누였다. 덩달아 같이 따라갔다. 가면서 이대로 돌아가시지 않기를 간절히 기도했다. 누가 뭐래도 내 할머니와 다름없었다.

할머닌 빨리 의식을 되찾아 생명의 은인이라며 내게 재차 고마워하셨다.

"할머니! 이제 괜찮으세요? 갑자기 왜 그러셨어요?"라고 묻자,

"응, 응 괜찮지. 총각이 날 구해줬잖아. 고맙네. 우리 아들도 살아 있으면 좋으련만, 한 10년 됐을까 하나밖에 없는 아들이 갑작스러운 사고로. 이 세상을 뜨고 말았어. 난 날마다 보고 싶고 그리웠지. 그러다 아들 같은 자네가 가까이 이사 와서 속으로 얼마나 좋았는지 몰라. 오늘 아침에는 느닷없이 아들이 너무 보고 싶더라고. 이 늙은이도 아들을 따라 어서 하늘나라로 가고 싶었지. 요 며칠 입맛이 통 없고, 별로 먹은 게 없어서 의식을 잃었었나 봐. 정말 고맙네! 이 은혜 죽을 때까지 잊지 않

식지 않은 토마토

을게."

"별말씀을 다 하세요. 할머니께서 절 어머니처럼 돌봐주셨잖아요. 여기 있을 때는 자주 돌봐 드릴게요."

"말이라도 어쩜 이리 예쁘게 하는지 몰라."

급한 대로 감자와 양파 호박을 잘라 죽을 쑤어 보았다. 태어나서 처음으로 해 보지만 어떻게 만드는지는 잘 알아뒀던 터라 어렵지 않게 끓였고 찬장에 엎어 둔 국그릇에 담아 안방에 누워 있는 할머니에게 갖고 갔다.

"처음으로 죽을 끓여 본 거라 입에 맞으실지 모르겠어요. 어서 일어나서 드셔 보세요"

죽을 바라보시던 할머니의 두 눈에 굵은 눈물이 흐른다. 할머니는 그동안 너무 외로우셨나 보다. 그 후로 매일 한 번씩 할머니 댁에 들렀고 그때마다 우리 아들이 왔다며 아기처럼 무척 좋아하셨다.

서울에 온 지 1년이 지났건만 할머니의 좋아하시던 그 모습이 눈에 선하다. 시골에서 자연과 함께 근 2년을 살다가 일 때문에 서울 중심가로 올라왔다. 서울에 와서는 나름대로 탐색기를 가졌다. 이유는 전에는 없던 사람의 마음을 보고 읽을 수 있는 능력이 나도 모르게 생겨서다.

물론 아무 때나 원할 때 보거나 알 수 있는 일이 아니고 느닷없이 아주 다급하거나 위기에 몰린 사람 주변에 있을 때 짧은 시간 안에, 그러니까 거의 5초 정도 상대방의 마음이 보이고 읽혔다. 이것은 말로써 표현하기가 매우 어려운 게 사실이고 당사자가 아닌 타인이 이해한다는 게 그리 쉬운 일이 아니다.

강원도 속초의 한 산속에서 지내다 이제는 서울로 아예 올라오는 길이었다. 영동고속도로를 달리는 중에 느닷없이 앞차, 그 차는 방금 뽑은 차 같다. 일제 혼다의 뒷좌석 유리문으로 빨간 매직으로 크게 휘갈겨 쓴 글씨가 보인다. 계속 앞을 따라가고 있던 차라서 계속 주시하던 도중에 앞차가 느닷없이 속도를 내던 찰나였다. 빨간색 매직으로 커다랗게 'X'자가 쓰임과 동시에 글자들이 피를 흘렸다. 꼭 사람처럼 글자들이 살아서 숨을 쉬는 것처럼 느껴졌고 어쩌면 살아 있는 글자가 피를 흘리는 꼴로 다가왔다.

순간 어떻게 대처해야 할지 양손이 계속 부들부들 떨리던 나는 자동으로 그 차를 따라갈 수밖에 별도리가 없다. 그 차는 자기네 앞을 달리던 덩치 큰 덤프트럭을 순간 초월하더니 중심을 잃은 것처럼 왠지 휘청거린다. 속도가 다시 시속 180㎞ 가까이 되어 갈 무렵, 난 순간적으로 자동차 클랙슨을 세게 누르며 비상등을 켜고 달렸다. 이러다 죽을 수도 있겠다 싶어 간은 콩알만 해진다. 순간 잘못되면 죽음이 코앞까지 온 것 같아 손에 힘을 줘야 했고 가슴은 덜컹거리지만, 그래도 앞차를 계속 따라가야 한다는 생각만 났다. 이곳은 고속도로여서 잘못하다가는 대형 사고로 이어질 게 뻔해 숨도 제대로 못 쉬는 상황이다. 한

　　　　　　　　　　　식지 않은 토마토

동안 그대로 몇 분을 달렸는지 모른다.

다행히 500여 미터 떨어진 오른쪽에 이천사랑 자연휴게소라는 안내판이 보여 앞차는 휘청이며 휴게소로 들어감과 동시에 피 흘리던 글자가 사라졌다. 떨리는 맘을 다잡고 앞차를 주시하며 주차를 한다.

나는 아직 차 안에서 숨을 마저 몰아쉬고 있는데 조금 있으니 젊은 남녀가 자동차 밖으로 나온다. 이 차는 새 차로 뽑은 지 얼마 안 되었는지 햇빛을 받아 반질반질하다. 그것도 혼다 2,400cc 정도로 보인다. 밖에 나오자 검은 슈트를 입은 키가 큰 청년이 감색 원피스를 단아하게 입은 젊은 여자의 옆으로 급히 다가가 갑자기 뺨을 후려치며 소리를 지른다.

"그래서 어쩌라고. 고속도로에서 같이 죽자고 했냐? 너 정말 죽고 싶었어?"

"이렇게 살 바에야 그냥 죽는 게 나아요. 오빠는 마치 사람이 돈으로만 사는 것처럼 돈밖에는 다른 게 안 보이잖아요. 부도가 났으니 죽어야 한다고 그 소리만 했잖아요. 오빠는 정말 죽을 용기라도 있어 날 이렇게 힘들게 한 거예요?"

"그래, 용기가 없어 못 죽는다!. 부도난 게 다 내 잘못이다. 꺽꺽 헉헉." 남자는 떨리는 목소리로 울먹이며 오래도록 가슴을 친다. 주위에서는 신기한 구경이라도 난 듯이 금세 사람들이 몰려왔다. 그저 무슨 일인가 보려고 어느새 빙 둘러서 있다.

"어이, 젊은 양반 무슨 일인지 몰라도 서로 잘 애기를 혀 봐요. 사람은 그리 쉽게 못 죽는 법여."

머리카락이 온통 백발인 할아버지 한 분이 쪼그려 앉아 우는 남자의 등을 토닥여 주고 있다. 남자에게 소리 내 따지던 여자는 창피한 듯 뒤돌아서 있다가 내가 차 밖으로 나오는 걸 보자 옆으로 조심히 걸어와 말을 건넸다.

"저희 뒤에 따라오던 차 맞으시죠? 클랙슨을 누르고 비상등을 켜 주어서 잠시 혼란에서 벗어날 수 있었어요. 어떻게 아셨는지 몰라도 저희는 죽으려고 했거든요. 그것도 위험한 고속도로에서요. 흑흑. 제가 부추긴 거나 마찬가지예요. 정말 죄송하고 고맙습니다." 말 끝나기가 무섭게 땅바닥에 털썩 주저앉아 울먹이던 남자가 순식간에 걸어와 내 멱살을 잡는다.

"야! 당신이 뭔데. 뒤따라오려면 곱게 올 것이지 오면서 웬 지랄이야, 지랄이. 클랙슨은 왜 눌러대고 난리를 쳐! 거참, 그렇게 할 일이 없어? 당신, 뭐야 경찰이야? 어디 한번 신분증 내놔 봐, 왜 사람 죽으려는데 방해하냐고."

남자는 서럽도록 소리를 지르다 '아악' 고함을 빽 질렀다. 속으로 나는 그들이 뭐라 한들 안심이 되었다. 오히려 내게 퍼부었던 말이 그 남자의 본심이 아닌 걸 알고 있었다. 그는 자신에게 경고하는 중이었고 자신에게 소리치는 거였다.

"아닙니다. 무슨 일이 있으셨는지 잘 모르지만, 아까 부도라고 들었는데 뭐라고 말씀드려야 할지 모르겠네요. 힘내셔요. 무슨 일이 있어도 사는 일을 포기해서는 절대 안 됩니다. 정말

식지 않은 토마토

사람이 산다는 게 하루하루 그냥 사는 게 아닌 것 같아요. 모두가 하루하루를 살아 내는 거지요." 나도 모르게 순간적으로 나온 말이다.

껄꺽 소리를 내 울던 남자는 다시 말없이 내게로 와 조용히 눈물을 훔치며 손을 건넨다. 여자와 주고받았던 말을 옆에서 다 들었을 터였다. 나는 다시 그의 눈을 맞추고 손에 힘을 줘 꽉 잡아 주었다. 그들은 휴게소 안으로 서서히 사라졌고 지켜보던 사람들 역시 뿔뿔이 흩어졌다.

가슴이 먹먹해 온다. 아마도 벌인 사업이 부도가 났고 크게 낙심한 나머지 옥신각신하다 말다툼으로 번져 큰일 낼 뻔했던 게 소름 돋았다. 잠시 멍하게 앞을 보다 나도 모르게 한숨을 길게 내쉰다.

'주님은 아십니다. 당신의 손길로 어루만져 주소서.'

나는 다시 출발했다.

서울에 올라와 모처럼 서울 중심지에 있는 한 백화점에 갔다. 그동안 희미하게 떠돌던 나의 정체성의 그림자가 점점 뚜렷하게 다가옴을 느낀다.

어느 날 본의 아니게 사람의 마음을 읽고 보기 시작한 이후로 눈에 보이는 게 전부가 아님을 더욱 알게 되었다. 그건 다시 생각해 보아도 내 일생에 다시 오지 않을 기회였고, 나 아닌 타인의 소중함과 존귀함을 절실히 알게 되는 계기가 되었다. 남성 의류 매장이 있는 3층을 돌다 에스컬레이터를 타고 아래층을 가던 중, 예전에 직접 운영해 보고 싶었던 전통찻집을 떠올렸다. 언젠가 서울 외곽 지역에 있던 고풍스러운 한옥 찻집을 가 본 이후 소담한 분위기와 차분함에 매료돼 한번 해보고 싶은 욕심이 생겼었다. 그때 같이 들렸던 사람이 내 여자 친구이자 한때 연인이었던 희수다. 도트 원피스를 즐겨 입던 그녀가 불현듯 보고 싶다.

3년 전부터 알고 지내 온 희수는 학사 출신이었고 여의도의 한 직장에 다니고 있던 터였다. 하지만 막상 자신이 하는 일과 영업부서 팀원으로서 하루하루가 힘에 부쳐 진로를 고민해 왔다. 결국 내가 일하는 학원을 오게 된 그날은 당직이었고 저녁 9시가 넘은 시각에 그녀가 왔었다. 그날 그녀가 입었던 청색 계통의 하늘색 도트 원피스가 지금도 떠오른다. 가을날, 코스모스처럼 야리야리해 보이던 모습과 달리 당차게 말을 이어갔다. 자신의 환경과 업무, 거기다가 성격상 맞지 않는 부서라며 입시에 대한 상담을 의뢰했다. 우리는 첫 만남이지만 왠지 대화가 잘 통해 서로 호감을 가졌고 그녀가 자신의 일에 왜 만족하지 못하고 힘에 겨워하는지 우리는 하나하나 대화를 통해 원인을 찾아 나가기로 했다. 매일 밤늦게까지 남아 일하는 자체가 스트레스로 이만저만한 게 아니어서 자신이 이직을 생각했던 계기가 된 것 같다고 그녀 먼저 아무렇지 않은 듯이 고백했다. 그 후 그녀만의 특단의 조치로 보름 정도 제주도 여행을 간

식지 않은 토마토

다고 했다.

다녀온 후에 더는 이직에 대한 고민을 하지 않았다. 우린 일주일에 한 번은 안부 전화 겸 서로의 상황이 어떤지 서로 대화를 주고받는 사이가 되었고, 달콤한 만남을 계속 이어갔다. 그녀는 그 누구보다 밝고 명랑했으며 영업부서와 잘 맞는 성격임을 스스로 알아내고 놀라워했다.

우리는 서서히 정이 들었고 흔히 말하는 여자 친구가 되었지만, 2년 여를 사귄 어느 날 하루는, 무심한 표정으로 툭 던지듯 내게 말한다. 자기는 한 달 후에 결혼하기로 했다며 느닷없이 내게 선포했다. 내가 아닌 그 누구와 결혼을 한단 말인가. 난, 도저히 상상이 안 되고 납득이 안 됐다. 그간의 적지 않게 쌓아온 시간은 뭐였는지 자괴감만 들 뿐인데도 막상 당사자는 알쏭달쏭한 궤변만 내게 늘어놓고 떠나 버렸다. 하루 사이에 이별 통보를 받은 나는 그녀를 나무랄 새도 없이 세월만 보냈고 아픔만 고스란히 기억에 남아 있었다.

날 사랑하지만 사랑과 결혼은 별개의 것이라는 논리 아닌 논리를 늘어놓더니, 마지막 키스를 끝으로 내게서 날아가 버렸다. 유난히 눈웃음을 잘 짓던 그녀가 보고 싶었다.

그때 여성복을 우연히 둘러보던 나의 눈을 의심케 했던 건 대각선 맞은편에 위치한 여성복 매장에서 여직원의 설명을 듣는 희수가 있어서다. 멀리서도 알 수 있는 그녀 특유의 몸짓이 있다. 손의 동작이 많았고, 가끔 무얼 뚫어져라 보는 예리함이 공존해있다. 그간 헤어스타일만 짧은 쇼트커트로 바뀐 것 외에는 예전과 다름없다. 난 갑자기 몸이 얼어붙은 채로 그녀를 놓칠까 봐 주시하고 있다.

한참을 고민하던 그녀가 원피스 두 벌을 고르더니 혼자서 지하로 내려간다. 혹여 알아챌까 간격을 두고 그녀를 따라갔다. 지하 1층은 마트와 식당 및 카페가 개방형으로 되어 있는 곳이다. 그녀는 카페에 앉아 있다. 딱히 누구를 기다리는 건 아닌가 보다. 난, 이십여 미터 떨어진 베이커리 가게 앞에서 그녀를 살펴보다 잠시 고민한다. 과연 만나봐야 할지 그냥 지나쳐 가야 할지를….

그때 순간 그녀의 벗은 온몸에 빈틈없이 꽂힌 수많은 바늘을 본다. 무표정한 얼굴로 자신을 보는 그녀가 어디서 데려왔는지 노란 깃털이 돋보이는 앵무새 두 마리를 옷 속에 품는다. 앵무새는 답답한 나머지 그녀 품에서 훨훨 날아갔다. 내 마음으로 보인 그녀 희수였다. 가만히 있을 수 없게 되자 당장 그녀에게 걸어갔다. 곧 나를 알아보더니 한 손으로 입을 가리며 무척 놀라워한다. 무척 당황한 얼굴이다. 나는 어색하게 다가가 악수를 청했다. 그동안 그녀에게 무슨 일이 있었던 것일까.

"희수 아니야! 정말 반갑다. 여기 백화점에 왔다가 널 보고 깜짝 놀랐어." 평소 나보다 네 살이 어린 희수와 오누이처럼 말을 놓고 있던 터라 자연스레 나온 말이었다. 희수 맞은편에 앉으며 어딘가 수척해 보이는 그녀를 살펴본다.

"수철 오빠! 어떻게 왔어요? 여기서 보다니 반가워요. 오랜만이에요."

"넌 어떻게 지냈어? 너 결혼하고 우리 처음 보는 거지?"

"네 맞아요. 우리 집이 이 동네라 가끔 와요. 오빠는 아직 결혼 안 하셨어요?"

"안 한 게 아니라 못했지. 결혼하려던 사람이 갑자기 결혼해 버려서."

우린 둘 다 말없이 앉아 있다. 잠시 고개를 숙인 채 커피를 한 모금 마시던 그녀의 눈에 눈물이 그렁그렁하다. 그렇게 날 보더니 뭔가 말하고 싶어 하는 눈치다. 하지만 차마 말을 하지 않는 느낌이다.

"어때 결혼생활은 행복해? 신랑은 잘 해줘?" 묵묵부답이다. 어색한 기류가 흐른다.

"오빠! 내게는 오빠도 알다시피 친오빠나 친언니가 없어요. 어릴 때부터 오직 나 혼자 결정하고 고민하던 버릇이 여전히 습관이 됐나 봐요. 그런데 지금은 오빠가 내 친오빠였으면 참 좋겠다는 생각이 들어요. 많이 외롭고 힘들었나 봐요. 오늘은 내 친오빠로 있어 줄래요?"

우리는 근처 레스토랑&카페로 자리를 옮겨 다시 말을 이어 갔다. 2년 전 그녀의 결혼식에 난 참석하지 않아 남편의 신상에 대해 아는 바가 전혀 없다. 시간은 저녁 6시를 지나고 있었고 우린 그녀가 좋아하던 해물 파스타를 시켰다. 별말이 없던 그녀는 식사를 잘 하지 못했고, 가만히 보니 얼굴이 더 여위어 보인다. 종업원이 음식과 함께 가져다준 노란색과 주황, 그리고 암녹색 대추 토마토만 몇 알 먹을 뿐이다.

"왜 식사를 못 하지? 어디 아픈 거 아니야?

"아니에요. 신경성 위염이 있어서 잘 못 먹을 때가 많아요. 오빠도 알다시피 어머니와 나 이렇게 단둘이 살다 내가 결혼하니 어머니 혼자 지내시다가 작년에 지병이 악화돼 돌아가셨어요."

"저런, 그런 일이 있었네. 몰라서 미안해."

"당연히 모르시죠. 그리고 보니 아버지가 일찍 돌아가시고 젊은 엄마 혼자 유혹도 뿌리치고 그 많은 세월 저만 보고 사셨어요. 난, 자라면서 아빠의 부재로 인해 늘 아버지뻘 되는 사람과 살고 싶었던 로망이 있었나 봐요. 그래서 열 살이나 많은 지금의 남편에게 빠져들었죠. 수도권의 대학교수라는 것도 안심이 되었고요. 오빠한테 말은 안 했는데 소개로 알게 된 지 한달 만에 결혼했어요. 근데 그거 알아요? 상식적으로 연결했던 직업과 인격은 전혀 별개인 것을 너무 늦게야 알았어요. 한마디로 전 결혼 실패자라고요. 알고 보니 전 그 사람을 전혀 사랑하지 않았어요. 이상한 일은 그런데도 살아가고 있다는 일이에요. 겉과 속이 다른 사람이 제일 무서워요. 그는 학교에선 덕망 있고 도덕적이며 때로는 인자한 얼굴을 하고 있겠죠. 그저 사회적 지위도 있고 주변에서 그저 교수님 교수님 떠받들어 주니 세상엔 자기의 생각과 고집이 최고인 줄 알지요. 하나에서 열까지 자기애, 자신의 교만함이 똘똘 뭉쳐져서 타인을 고려하지 않아요. 온통 자신의 취향과 열정, 본인의 생각이 전부인 줄만 안답니다. 전, 그의 비위를 맞춰주는 시녀에 불과해요. 매일 상처 입은 새와 같아서 어디론가 멀리 날아가고 싶어도 이제는 나는 법을 잊어버렸어요. 영영 못 날 게 될까 봐 저 자신이 한심하기도 하죠. 전 그냥 보호받으며 사랑받고 싶었어요. 아빠처럼 늘 의지하고 싶었어요. 그래서 나만 사랑해 주기 바라서 나부터 헌신을 다해 사랑하려고 했지만, 그는 본래 사랑이 뭔지를 모르고, 사랑과는 거리가 먼 사람이었어요. 무조건 자기 뜻에 거슬리면 말로써 주먹을 휘두르고 표정으로 사람을 죽이려 들지요. 그런 일이 자주 반복되다 보니 저절로 위염까지 생기더라고요. 오빠! 하나님이 절 불쌍히 여기셨나 봐요. 오늘 같은 날 보고 싶던 오빠를 만났네요. 요사이 자주 죽음을 생각했어요. 아주 많이 못났지요. 가끔 오빠도 생각했고요. 내 멋대로 결혼한 저를 용서하지 않을 것 같아 연락할 수도 없었는데 이렇게 보네요."

그녀는 중간중간에 잠시 쉬기도 하면서 긴 얘기를 꺼냈다. 목이 마른지 주스 한 모금을 마신다. 듣는 내내 가슴이 미어졌다. 한때는 아니 지금도 가끔 그리워했던 희수가 그리 가슴 졸이며 살아 온 걸 생각하니 모두 다 내 탓 같기도 하다. 그에게 무슨 말을 해야 할까? 나로선 딱히 해줄 말이 떠오르지 않았다.

우리가 살아가는 시간은 얼마나 큰 모험을 겪게 하고 세상 요동치는 물살에 얼마나 더 떠돌고 밀려가야 하는지 모른다. 한 시간 후의 일도 알 수 없고, 단지 일 분 일 분 옳은 선택을 하려고 애를 쓸 뿐이다. 전능하신 하나님을 믿고 의지할 뿐이다.

"그렇게 힘들었다면 이혼하려고는 안 했어?"

"적어도 일주일에 한 번은 생각했지요. 하지만 그에 앞서 자신에 대해 나부터 용서해야 했어요. 내가 나를 용서한다는 일이 너무 힘들었어요. 왜냐면 내가 먼저 나를 진심으로 아끼고 사랑해야 용서도 쉽게 될 텐데 무의식적으로 상처받고 아파한다는 걸 알면서 너무 오랜 시간 방치했거든요. 그래서 그런지 그런 나를 사랑하기가 얼마나 어렵던지요. 어떡하죠? 어떻게 해야 다시 나 자신을 사랑할 수 있을까요?"

"희수야! 넌 누가 뭐래도 밝고 긍정적이었잖아. 자세히 생각하면 이 세상에 너 자신이 제일 아름답고 훌륭한 사람이란 걸 알 수 있잖아. 넌 충분히 너 자신을 사랑해도 돼! 하나님이 널 최상의 걸작품으로 만드신 것을 너 자신도 알고 있는데 왜 그런 어리석은 말을 하니? 넌 내게도 가장 소중한 사람이고 모두에게 가장 필요한 사람이라고. 절대로 그런 말 하지 마! 알았어?"

희수는 내 얼굴에서 눈을 떼지 않는다. 무슨 생각을 하는 것일까 잠자코 듣고만 있던 그녀가 말을 꺼낸다.

"전 가끔 그때를 생각하곤 해요. 언젠가 오빠와 내가 인천의 한 바닷가를 놀러 가 서로 손을 잡고 해변을 걸었죠. 해는 기울어 붉은 저녁노을이 하늘을 온통 뒤덮어 딴 세상 같았어요. 오빠는 '꿈꾸는 사람'에 대해 동화를 들려주었는데 주인공은 매일 꿈에 대해 생각한 대로 미리 연습한다고 했어요. 꿈을 앞당기기 위해 미리 실현하는 오늘을 살아가다 보니 그대로 이루어졌다고요. 그 자리에서 직접 즉석에서 동화를 지어 주었어요. 전 그날 너무 행복했어요. 그 시간이 그대로 멈춰진다면 얼마나 좋을까 혼자서 생각했지요. 그래서 너무 힘이 들 때면 그 이야기를 떠올리며 웃음 짓곤 했어요. 다시 그때로 돌아갈 수 있다면 얼마나 좋을까요. 오늘은 푼수처럼 제 얘기만 떠들었네요. 오빠 그만 가셔야지요."

한참 말을 이어가던 그녀가 이쯤에서 내 걱정을 하며 슬그머니 말을 마친다.

"그래 너에게 조금이라도 힘이 되면 좋겠다. 언제라도 친오빠처럼 급할 땐 연락해라."

어떻게 집까지 왔는지 아무 생각이 안 난다. 그저 요사이 죽음을 생각했었다는 그녀의 말이 머릿속에서 떠나지 않았고, 하녀같이 살아왔다는 그 말이 꼭 내가 그렇게 살아왔다는 말같이 느껴졌다.

그녀와 백화점 근처 식당에서 헤어진 지 한 달이 되어 간다. 그 사이 그녀로부터 별다른 연락 한번 없어 '그냥 무사히 지내겠지'라는 생각으로 별일 없기만을 바라 왔다. 헤어진 그다음 날은 난 그녀의 남편을 찾아가 아주 혼을 내주고 싶었다. 학교 강의실에 들어가 책상 앞에 앉은 학생들 앞에서 큰 소리로 '이 놈은 당신들이 생각하는 정상적인 사람이 아닙니다. 말이 교수 이지 짐승보다 못한 놈이에요. 자기 와이프를 위할 줄도, 사랑 할 줄도 모르고 말로 폭력을 행사하며 자기 뜻에 어긋나면 언 제든 죽이려고 덤비는 야수 같은 놈입니다. 그 사람 와이프는 매일 죽고 싶어 할 만큼 자신밖에 모르는 비열한 놈입니다. 여 러분! 당장 여기서 다 나가세요. 자격 없는 이의 백 마디 말보 다 자연에서 듣는 바람 소리가 더 값질 것입니다. 여러분 제발 속지 마세요. 이 사람은 지식은 전할지 모르나 여러분에게 진 정 가르칠 것은 단 한 개라도 없답니다.'

난 꿈에서도 중얼거리고 있었지만, 막상 내가 나설 일은 아 니라고 판단되어 잠잠히 있었다. 가끔 그녀의 소식이 궁금해 몇 번은 서울 백화점을 돌아봤지만, 그 어디에서도 희수를 찾 을 수 없었다. 일주일 동안 하루도 빠짐없이 그녀가 올까 봐 지 하 1층부터 8층까지 꼼꼼하게 다녀 봤지만 나타나지 않았고 그 후로 다시는 가 보지 않았다.

난 다시 찻집을 하기 위해 학원을 등록해 다닌 지도 오늘이 3개월째 되는 마지막 날이었다. 조리 방식과 재료들의 특성을 어느 정도는 마스터하여 이제는 나만이 만들 수 있는 차별성 있는 메뉴 개발에 고심했다. 학원에서 알게 된 지인과도 시간

날 때면 마땅한 장소를 물색하러 다녔다. 그러다 드디어 두 곳이 맘에 들어 모레쯤 답사를 하러 갈 예정이었다.

희수와 헤어지고 난 후 바쁜 일정으로 인해 그녀의 소식을 까마득히 잊고 지내다 그날은 학원 근처 한식 식당에서 강사와 학원생들 모두 종강 파티하기로 했다. 실내엔 일행 외에는 아무도 없었고 입구에 들어서자마자 벽 중앙에 TV 소리만 크게 틀어져 있다. 이윽고 남자 아나운서의 격양된 목소리가 들린다.

"'세상에 설마 그런 일이 있을까?'라고 염려하던 일이 오늘 오전 11시 30분쯤 서초경찰서에 있었습니다. 1분 늦게 태어난 쌍둥이 동생 김전국 씨는 서울대학교 사범대학 체육교육과 교수로, 재작년 3월에 쌍둥이 형이 사는 미국의 한 아파트에서 사망했으나 그 당시 형인, 김전길 씨가 이 사실을 숨기고 한국에 와 동생의 신분으로 살아온 사실이 밝혀졌습니다. 그는 원래 직업이 카페를 운영하던 사람이었으나, 동생의 교수 신분으로 위장해 결혼 생활을 해왔고, 대학교에서조차 아무런 의심을 하지 않았다고 합니다.

제수씨 되는 삼십 초반의 여성이 오래도록 잠겨 있던 지하실 비밀금고를 열게 되어 이 모든 사실이 낱낱이 드러나게 되었습니다. 그럼, 여기서 인터뷰한 방송을 보시겠습니다.

-네, 저는 우연히 지하실을 청소하다가 전에 못 보던 비밀금고를 보게 되었어요. 굳게 잠긴 금고를 저랑 연관된 비밀번호

로 열게 되었고 그 안에 김전국 씨의 중요한 서류와 김전길 씨의 신분증이 있어서 경찰서에 신고하게 됐습니다."

현재 김전길 씨의 핸드폰은 정지되어 연락 두절된 상황이고, 수사 기관에서는 김전길 씨에게 구속영장을 발부하였다고 합니다." 방송은 또 다른 뉴스로 이어진다.

난, 함께한 일행에게 양해를 구하고서 급히 희수에게로 달려간다. '찢긴 희수의 날개는 다시 날 수 있을 것이다. 자주 죽음을 생각했던 날들은 자주 생명을 사는 생각으로 가득 찰 것이다.'라고 속으로 주문을 외우며 괜찮기만을 바라고 뛰었다.

드디어 그 집 가까이 갔을 때는 한 송이 목이 꺾인 장미가 죽음 직전에야 붉은 꽃잎을 자신의 몸과 영혼에 조금씩 피워내는 것을 순간 보았다.

식지 않은 토마토

별을 떠난 여행

....

슈퍼지구−생명체가 존재할 가능성이 있는 지구보다 큰 지구형 행성. 지구형 행성 중에서도 지구보다 질량이 2~10배 큰 천체로, 생명체가 존재할 가능성이 있다고 보는 행성을 지칭한다. 중력이 강해 대기가 안정적이며, 화산, 폭발 등의 지각운동이 활발해 생명체가 탄생하기에 유리한 조건을 갖고 있다.

2011년 9월 현재 천문학자들은 HD 85512b가 2007년 발견된 '글리제581d'에 이어 태양계 바깥 행성 가운데 생명체가 존재할 가능성이 있는 두 번째 행성으로 보고 있다.

[네이버: 지식검색]

그간 천문학자들 사이의 주요 연구대상이 된 '글리제 581'(Gliese 581) 항성계의 행성들을 놓고 학자들 간의 주장이 또 엇갈리고 있다. 최근 영국 런던대학교 퀸메리 캠퍼스 등 공동 연구팀은

'행성 글리제 581d'는 지난해 미 대학 논문과는 달리 실제 존재
하며 생명체가 있을 확률도 높다는 연구결과를 내놨다.

[서울 신문 나우 뉴스] 2015년.

이곳은 야트막한 산이 빙 둘러 있어 병풍을 펴 놓은 것처럼
착각이 들게 하는 한적한 마을이다. 가양초등학교 6학년에 재
학 중인 영우는 행성이나 천체에 대해 관심이 많다. 10년 전에
올려진 슈퍼지구에 대한 기사와 2015년에 뜬 신문의 내용을
오늘도 스크랩해둔다. 나름 기쁘고 뿌듯하다.

영우가 사는 주소는 가양시로 되어 있지만, 아무리 둘러봐도
그의 집 주변은 시골의 농촌과 별반 다름이 없었다.

부모님은 하우스 과일 농사로 새벽부터 일하러 나가셨고, 영
수는 오늘이 토요일인 데다 볼 일이 생겨서 부지런히 시내 나
갈 채비를 한다. 지금 시각은 오전 9시다. 버스정류장까진 걸
어서 5분 정도 거리였고, 버스 출발 시각이 9시 20분이라 느긋
하게 십여 분 일찍 나갈 요령이었다.

그날은 10m, 아니 5m 앞도 보이지 않을 정도로 안개가 뿌옇
게 몰려왔다. 하마터면 걷다가 집 앞의 얕은 고랑으로 한 발이
푹 빠질 정도였으니 버스를 탄다고 해도 시내까지 잘 갈 수 있
을는지 걱정이 앞섰다. 하지만, 오늘이 같은 반 짝꿍 미지의 생
일이라 뭐라도 건네줄 선물을 사야 한다.

어제는 진작 생일 맞은 당사자는 가만있는데, 여자들이란 참

식지 않은 토마토

말로 알다가도 모를 족속이다. 미지의 단짝 수애가 일부러 내 옆자리로 오더니만 큰 소리로 말했다.

"어쩌지! 내일이 우리 미지가 태어난 날인데, 뭘 줄라나 고민 되네."

누가 묻지도 않았건만 혼잣말만 툭 던지고 사라졌다.

'그래서 어쩌라고….'

영우는 조만간 안개로 파묻혀 버릴 것 같은 상황에 나가기 싫은 걸 꾹 참고 정류장으로 향한다. 승용차 한 대만 겨우 다닐 수 있는 S자 모양의 휘어진 길을 앞이 대략 5m 정도씩만 간신히 보이는 길로 곡예를 하듯이 천천히 걸었다.

비슷한 시간에 놀랍고 차마 믿을 수 없는 일이 벌어졌다. 동네 주변엔 논과 밭이 많아 추수를 끝낸 뒤라서 볏단이 군데군데 쌓아져 있다.

볏단과 볏단 사이로 알 수 없는 비행 물체, 즉 우주선이 소리 없이 스르르 눈처럼 내렸다. 정말 다행인 건 희뿌연 안개가 바로 눈앞까지 쌓여 지구인에게 발각될 불상사는 없을 것이기에 케스와 슈린다는 안심이 되었다. 어찌 됐든 지구인의 눈에 띄면 그동안 힘써 준비한 계획들이 무산되기 때문이다.

직경 20m에 높이 15m 되는 타원형의 우주선은 지구에선 볼 수 없던 특이한 재질로 완성된 물체다. 최소 2m 크기까지 축소되도록 설계되었다. 실내엔 그들의 벽 침대(사람처럼 누워 자지 않고 지구에서는 자는 동안 충전을 해야 함)와 스크린. 무선전화기. 매일 하루 한 번 한 알만 삼키면 해결되는 식량이 투명한 케이스에 가득 담겨 있다. 세계 지도와 경기도 가양시 양현동의 세밀한 지도가 중앙의 입체 화면에 떠 있다.

케스는 밖으로 조심조심 나와 주변을 살폈다. 현재 섭씨 9도 습도 75% 세계 여러 나라 중에 랜덤으로 내린 한국이다. 이곳 지구인들의 생태와 환경, 취약점, 향후 10년 동안의 발전 성향을 취합하러 왔다. 당장 지구의 한국, 그중에 현재 정착한 곳의 특징을 살핀다.

한국의 수도 서울을 중심으로 외곽지역에 있는 경기도의 한적한 마을. 근처에 마을버스 양현정류장이 보였다. 10분 후 출발 예정이며 서울시외버스터미널이 종점이었다.

지구인들은 우리와 다르게 두 발로 걸어야 하고 짐짝같이 생긴 바퀴 달린 버스나 아주 기다란 동굴 모양의 지하철, 승용차를 이용하여 이동한다. 코드 암호나 위치 이동 센서 버튼을 이용해 순간 이동하는 우리와 영 다르다. 한마디로 힘들게 산다.

케스(행성의 한 점, 즉 우리 영역에서 알게 된 나의 파트너)는 평범한 아저씨의 복장으로 변신을 시도했다. 이를테면 흰 티셔츠에 브라운색 점퍼와 청바지를 입었고, 나는 한번에 머리부터 푹 뒤집어씌워서 입는 검정 원피스에 검은 스타킹을 신었다.

본국 중앙센터에서 강조하는 것은 첫째도, 둘째도 사람 눈에 띄지 않아야 한다. 목덜미에 눈곱만한 칩으로 한국어를 자동

식지 않은 토마토

세팅하여 입력해 두었다. 우리가 하는 말이 지구인에게 한국말로 들린다. 또한 지구인의 한국말은 우리의 언어로 들리도록 했다. 슬슬 마을버스 144-1번을 타러 간다. 저만치 앞에 웬일로 처량 맞도록 힘없이 걷는 수컷, 즉 작은 남자가 이동하고 있다. 아직 우리는 수컷(남자)과 암컷(여자)의 차이를 모른다.

스캔 시작.

나이 13세, 이름 곽영우. 키 152cm. 좌우 시력 1.0. 6학년 1반 30명 중 중간 성적 유지. 미래의 목표가 뚜렷하지 않음, 물건 구매에 대한 압박감이 심함.

버스 문이 열린다. 운전기사가 반갑게 맞이하나 50%는 직업적인 표현이다. 크게 관심을 두지 않아도 그들이 던지는 말과 행동에서 의도를 알 수 있다.

우린 영우가 하는 대로 딱딱한 곳에 얌전히 앉았다. 30여 분을 달려 버스는 가양시 북쪽으로 향한다. 나는 궁금한 나머지 눈앞의 공간에다 지구인들이 등산할 때 찾아보는 난외주기, 지도 명, 도엽번호 등을 띄워 본다. 열심히 보는 도중 리우백화점에 다 왔다. 영우가 버스에서 내리려 한다. 케스와 나도 덩달아 긴장했다. 우리 앞에 어떤 세계가 펼쳐질지 기대되면서도 두려움이 몰려왔다.

스캔: 주식회사 리우백화점 대표이사 강말식 외 2인.

사업자등록번호: 011-00-98760

지점: 전국 12개

휴무일: 월요일 등등

영우는 익숙한 걸음으로 일단 1층 입구 정문으로 들어간다. 영우를 주시하며 걷고 있다. 어디에서들 왔는지 많은 사람이 몰려와 있다. 실내의 공기는 약간 탁하지만 참을 만하다. 어디서 이상한 냄새가 난다. 지하 1층에 푸드 코트가 있어서일까? 우린 둘 다 마주 보며 순간 킥킥 웃는다. 물론 우리가 웃고 있다는 걸 지구인은 까마득히 모를 것이다.

영우가 모퉁이를 돌아 깊게 들어가는 바람에 그냥 기다리고 있다. 어떤 아주머니가 우리 옆에 서서 인사하는 직원에게 화장실을 물으니 그곳을 가리켜 준다. 영우는 아마 화장하러 갔나 보다. 잠시 후 영우가 나타났다. 그는 1층을 빙 둘러보더니 다시 어지럽게 움직이는 에스컬레이터에 오른다. 우리도 따라 올랐다. 발이 꼭 허공에 붕 뜬 것만 같다. 점점 올라가자 다음 층으로 어떻게 착지할지가 걱정되었다. 난, 그냥 안정감 있게 두 발로 폴짝 뛰었다. 넘어지지 않았다. 내가 생각해도 대단하다. 케스는 멍하니 서 있다가 45도 각도로 픽 고꾸라질 뻔했다. 영우는 여성의류가 있는 5층에서 내리더니 물건들을 평평하게 펴 놓은 매대 앞에 섰다. 화려한 색깔의 다양한 상품으로 올려진 헤어 장식품들을 유심히 바라보며 발을 멈춘다. 계속 옆에 서 있던 청색 유니폼 입은 여직원이 그에게 말을 걸었다.

"여자 친구에게 선물하시게요? 몇 살인가요?"

"아! 네. 열세 살요."

"그럼 요런 건 어떠세요? 요즘 이게 인기거든요." 영우는 직원이 설명한 핀을 손으로 두 개를 들어 보고 가짜 큐빅이 박힌 헤어핀 하나를 골랐다.

"이것 주세요." 뒤에서 구경하던 우리도 옆으로 다가갔다.

"어머! 안녕하세요? 구경하세요." 우린 영우가 하던 대로 머리띠 몇 개를 집어 올린다.

"고객님! 실례지만 연령이 어떻게 되세요?"

"음! 5만 2천 5백 2십 5살요."

"네? 호호호. 아! 52세요? 너무 재밌으세요. 이 머리띠는 어떠세요? 고객님은 흰 피부라서 요런 컬러가 잘 어울리세요."

우린 드디어 계산해야 했다. 가만히 보니 영우는 겉옷 주머니에서 연한 초록빛이 감도는 꾸깃꾸깃한 종이 한 장을 펴서 주었다. 그건 계산을 치르는 행위였다. 우리에겐 당장 초록빛 도는 종이가 없었다. 잠시 1분 정도 말이 없다가 눈치 빠른 케스가 다시 찾아오겠다며 나왔다. 후유! 살았다. 우린 다시 내려가는 에스컬레이터를 타야 했는데, 8층까지 오르기만 했다. 다시 반대편에서 탄 후 1층까지 가까스로 내려왔다. 나란히 두 발이 층에 언제 닿을지를 주시해야 했다.

백화점 1층의 정문 옆에 왼편으로 조금만 돌면 한쪽 모퉁이에 ATM이 있다. 우린 그 옆에 쪼그리고 앉아 분석에 들어갔다. 코드 값을 알아야 한다. 우선 기계 자체를 상상으로 해체하기 시작했다. 이 기계의 역사와 성질, 거기다가 작동 원리를 파헤쳐 결국 우리식대로 오만 원권 한 다발, 한 뭉치를 뽑았다. 다행히 근처에 아무도 없었다. 한참 돈이 착착 떨어졌다. 케스와 나는 '야호' 소리를 질렀다. 그래서 돈뭉치를 가슴에 안고 다녔다. 지나던 사람들이 다들 돈과 우리를 번갈아 보며 이상하게 바라봤다. 어떤 남자는 고개를 좌우로 흔들다가 자기 검지로 자신의 머리통 옆에다 대고 빙빙 돌린다. 아마 모르긴 해도 정상이 아니라는 뜻이었을 것이다. 지구인들은 대개 소나 양의 가죽을 벗겨 만든 여러 색깔의 가방 안에 감추고 다녔다. 우리도 검은색 소가죽가방, 말로는 절대로 망가지지 않는 007가방이라고 했다. 그곳에다 돈뭉치를 넣으니 더는 쳐다보지 않았다.

다시 5층으로 올라가 아까 그 여직원에게 대충 대여섯 장을 뽑아 건네주니 눈을 동그랗게 뜬다. 팁이라고 건네주고 바다빛깔의 파란색 머리띠를 머리에 찼다. 그 사이 영우를 잃었다.

케스와 나는 지구인의 음식이 궁금해졌다. 별의별 음식이 많고 그들의 말을 빌리면 뜨겁고 차게 먹는 것들이 있단다. 우린 어차피 뜨겁고 차다는 느낌을 모른다. 우리처럼 한 알로 하루를 버티는 농축된 음식?이 없었다. 참 불편하게 살고 있었다. 여기 지구에선 무얼 먹을지 고민해야 한다.

식지 않은 토마토

우리가 걷는 왼편의 한 가게에 앙증맞게 만든 하얗고 동그란 게 있다. 찐빵이란다. 종류대로 즉, 하얀 찐빵과 호박 찐빵, 블루베리 찐빵을 시켜서 김이 펄펄 나는 걸 무조건 그냥 한 솥을 먹어 치웠다. 옆의 의자에 앉아서 먹던 사람들이 입을 벌리고 우리만 보느라 정신이 없다. 그제야 상황이 파악됐다.

우리가 생전 먹어보지도, 알지도 못한 포근하고 정겨운 기운이 몸속 가득 들어왔고 기분이 좋아졌다. 아아! 그래서 인간들은 입의 구멍 안으로 무얼 자꾸 집어넣는가 보다.

우리 앞에서 머리에 두건을 쓰고 앞치마를 두른 채 쉬지 않고 찐빵을 만들던 남자 직원인지, 사장인지 놀란 나머지 우릴 보더니 한 솥이 더 있으니 천천히 드시란다.

참고로 두 솥을 먹은 거다. 우린 눈치가 보였다. 지구인들은 '앗! 뜨거워 호오. 호오.' 야단을 치면서 먹는 걸 아무렇지 않게 먹으니 이상할 법도 할 것이다. 그런데, 400도가 넘는 행성에서 살다 보면 이 정도는 이상할 것도, 놀랄 일도 전혀 없는 것이다. 어느새 우리 주변엔 지나가던 사람들로 가득 찼다. 우릴 빙 둘러서 신기한 듯이 구경하고 있다.

"아이구마! 진짜 세상의 별일이네요. 그, 그 뭐냐, '세상에 이런 일이' 프로에 나가 보세요. 꼭 요." 조금 늙은 암컷이 아니 아주머니가 말했다. 이제 분명히 알겠다. 앞의 가슴이 볼록하고 대게 머리가 길거나 꼬불꼬불하게 생긴 사람들이 여자였고, 무표정하거나 얼굴을 꾸미지 않는 이들이 남자였다. 그들은 더 작은 아이들을 안거나 데리고 다녔다. 여기서도 사람들이 '얼마에요?' 묻길래 나도 '얼머에요?' 하니 '으하하' 웃는다. 그들은 얼굴로도 말을 했다. 케스는 검고 딱딱한 물체를 열어 종이를 대충 집어 주었다. 그러자 직원이 5장만 빼고서 나머지는 다시 돌려준다. 그리고서 돈을 아껴 쓰시란다.

'아낀다'를 공중에 검색한다. 지구인은 볼 수 없다. 우리들만의 암호이므로….

'절약하다. 소중히 여기다.'이다. 그럼 지구인들은 이 종이를 함부로 쓰지 않고, 귀하게 여긴다는 말이다. 5층의 매대 여직원도 눈이 커져 놀라워했다. 또한 좋아했다.

케스와 나는 슬슬 다리가 당기고 아파 더는 걷기 힘들어졌다. 그 많던 찐빵을 입에 너무 쑤셔 넣어 화장실을 여러 번 가야 했다. 그리고 목이 말랐다. 화장실 수돗물을 틀어 벌떡벌떡 손으로 받아 마셨다.

우린 이제 의자에 털썩 주저앉아 홀로그램을 띄운다. 곽영우를 찾기 위해서다. 그는 백화점 후문을 나서고 있다. 우리도 서둘러 그를 따라갔다. 다행히 아직 버스를 타지 않았나 보다. 그 아이는 잠시 가지 않고, 길에서 기다리더니 갑자기 뒤를 보며 우리에게 대뜸 쏘아붙였다.

"아저씨! 아줌마! 왜, 저를 계속 따라다니세요? 누구세요? 우리 동네에서 한 번도 보지 못했는데요. 제게 용건이라도 있으세요?" 성적은 반에서 중간인데 꽤 야무진 구석이 있는 아이다.

식지 않은 토마토

"응, 우린 26광년 거리에서 왔어. 통상 지구보다 약 2배에서 10배 정도 질량을 가진 암석형 행성, 즉 슈퍼지구인 행성에서 왔단다. 반가워."

"뭐라고요? 슈퍼지구요? 당신들도 저처럼 너무 좋아하다가 결국엔 미쳐버렸군요. 정신 차리세요. 그리고 제가 얼마 전에 슈퍼지구 스크랩한 걸 어떻게 아세요? 혹시 우리 집에 몰래카메라 달아 놓으셨어요?" 예상 밖의 답을 듣는다. 멍하니 놀란 나를 보던 케스가 황급히 사태를 수습했다.

"그랬어? 반갑다. 우리처럼 슈퍼지구를 좋아하는 사람을 만나다니 정말 기쁘다. 사람들은 우리가 이렇게 말하면 도대체 못 알아들어. 넌 너무 똑똑하구나. 다만, 네가 사는 동네가 얼마나 살기 좋은지 몰라서 물어보려고 그랬어."

"그럼 그렇다고 진작 말씀을 하셔야죠. 참말로 놀랐잖아요. 아! 여기. 버스 왔네요. 가면서 알려 드릴게요." 다행이다. 하마터면 이놈의 방정맞은 입으로 계획이 다 틀어질 뻔했다. 얼마쯤 타고 가다 버스 안에서 케스와 나의 배 속이 부글부글 하더니 뒤의 꼬리 부분에서 '뿌우웅' '붕붕' '뿌붕' '뿡뿌부붕뿡' 이상한 소리가 한참 난다. 역하고 토할 것 같은 꼬리 꼬리한 하수구 냄새가 요동친다. 함께 탄 동네 사람, 할아버지와 할머니, 나이 든 아주머니들이 방귀 좀 고만 뀌라며 배를 잡고 '우하하' '하하하' '킥킥' '켁켁켁' 크게 웃고 난리가 났다. 이윽고 버스 운전기사가 못 참겠는지, 아니면 더는 운전하기가 어려워졌는지,

갑자기 멈추더니만 우리 보고 여기서 내리란다. 빨리 내려서 화장실 가란다. 케스와 나는 이유를 몰라 멀뚱멀뚱 처다만 보며 당황하고 있었는데 사람들이 안 되겠는지 버스 창문을 모두 열어 주어 급한 대로 수습이 되었다. 너무 많은 양을 집어넣어 몸에서 한동안 가스가 분출된 것이다.

가는 도중, 요놈의 방구 때문에 중간에서 내릴 뻔해 가슴이 철렁했다. 다행히 눈에 띄지 않게 우리는 우주선에 도착했다. 안으로 들어와 정면에 달린 대형 스크린을 본다. 본국 중앙 시스템에서 지시가 하나 내려왔다.

1. 지구인처럼 적당히 먹는다.

2. 지구인의 눈에 절대로 띄지 않는다.

3. 그들의 나이에 맞춰라.

4. 그들을 동요하지 마라.

5. 0시에 다른 지역으로 옮긴다.

그리고 보니 우리가 가는 곳마다 이마에 부착된 얇은 전용 카메라가 함께 있다는 걸 깜박 잊었다. 이젠 우리에게 그 어떤 비밀도 없게 생겼다. 어쩔 수 없다. 케스는 피곤한지 몸이 축 처져 씻지도 않고 쿠룩쿠룩 연신 코를 골며 잔다. 나도 첫날 너무 긴장한 탓에 두 다리가 부들부들 떨린다. 호흡이 가쁘다. 지금 저녁 20시 03분이다. 자정 0시 이동 센서를 맞춰 놓고 스르르 잠이 들었다.

둘째 날이다. 현재 시각 05시 45분, 날이 밝자 우리는 동시에 눈을 떴다. 우리에게 변화가 필요함을 실감했다.

"슈린다. 어제는 첫날이라 실수가 잦았어. 오늘은 각자 움직이는 게 어때? 저녁 8시쯤 집에서 만나자. 이번엔 따로 맘에 드는 사람의 머리카락, 적당한 때에 그것도 잘 보이게 앞머리 머리카락으로 변신해서 알아보자고, 어때? 그 대신 붙은 사람의 1/100 정도 심리 상태를 파악하며 따라가는 건 어떨까? 그래야 자세히 볼 거 같아."

"오! 케스 좋은 생각이야. 새로운 시도를 해 보자고."

우주선이 우리를 어디로 데려다줄지는 아무도 모른다. 어젯밤 피곤해서 미처 올리지 못한 보고를 했다.

> 지구인들은 연한 보랏빛이 감도는 종이와. 초록빛이 도는 종이를 아끼고 좋아한다. 이걸 돈이라고 하며 필요한 것을 살 수 있다. 이것을 얻기 위해 하루 종일 일을 하고 고생한다. 아직 그들은 코드값을 모르고 기계의 원리와 작동법, 성질을 몰라 우리처럼 돈을 뺄 수 없다. 아마 우리처럼 누구나 돈을 뺄 수 있다면 돈의 값어치가 떨어질 것이다.

착륙하려면 아직 1시간가량 남아 있다. 우주선은 남쪽을 향한다. 그곳엔 무엇이 기다리고 있을지 벌써 설렌다.

자정 0시가 되었다. 케스는 그의 몸체 서랍 안에 누워 있고, 그의 전신을 비추던 적외선은 정지됐다. 이제는 나의 차례다. 오늘 우리는 지구인들이 볼 수 없도록 투명 인간이 되어야 하므로 우리의 형체를 가려주는 적외선을 쐐야 했다. 가만히 눈을 감고 누우면 알아서 작동한다. 드디어 완료됐다. 문을 열어 이 공간을 벗어나면 지구 사람들은 우리가 있는지조차 망각할 것이다.

케스와 나는 파이팅을 외치며 밖을 나왔다. 우주선은, 커다란 나무(약 1,100살을 살았다고 이름표를 달아 놨다)의 그늘져 움푹 크게 파인 곳에 소리 없이 착륙했다. 바로 천연기념물 28호 용문사의 은행나무로 높이 67m 뿌리 부분 둘레가 15.2m나 되는 나무다.

우리 둘은 순간적으로 공간을 이동했다. 고개를 들어 보니 누가 발로 꾹꾹 다져놨는지 단단하고 평평한 운동장이 보였다. 그 안에서 자유롭게 함성을 지르며 노는 작은 지구인들이, 여기서 어린이라고 불렀다. 여럿 보인다. 이곳은 남원시의 끄트머리에 있는 역사가 35년 된 영원초등학교이고 영원동에 있다.

우리는 사람들이 볼 수 없도록 투명 인간으로 가장하여 맘껏 운동장 위를 날았다. 오늘은 일요일인 데다 동네 아이들이 나와서 옷에 땀이 흠뻑 젖도록 축구를 하고 있다. 다른 쪽에선 배드민턴 라켓을 들고 뒤로 넘어질 듯 앞으로 넘어질 듯 몸을 날

리며 셔틀콕을 던지는 아버지와 그의 새끼(아들)로 추정되는 모습도 보인다. 늦가을 날씨처럼 잘 여물어서 영근 햇살은 능글맞게 사람들의 등과 어깨를 타고 다니며 놀았다.

제일 맘에 드는 건, 일단 전깃줄이나 전봇대가 없어 맘에 든다. 왜냐면 우리가 맘껏 날며 정신없이 다닐 때 그것들이 순간 몸에 닿을라치면 찌릿찌릿 아프기도 하였고, 타박상을 입기 쉬웠다. 그렇다고 우주인을 받아 줄 병원은 한 군데도 없을 테니까 말이다.

다들 활기 있게 움직이며 뭔가를 했고, 해는 점점 기울고 있다. 케스와 여기저기 떠다니며 구경을 하다가 내가 한 아이 앞에서 멈춰 섰다. 케스는 손을 흔들며 다른 사람에게로 쑥 날아갔다. 그 아이는 더 어리고 어린아이로 걷는 폼이 가관이었다.

꼬리 쪽 부분이 더 불쑥 나온 데다 걸음을 뒤뚱뒤뚱 걸었고, 뭐라고 말을 하지만 '훙어웅 차앗 따다 샤아' 의미가 뜨지 않아 다시 찾아보니 옹알이라고 나왔다. 어린이보다 어린 지구인의 가족이었다. 나는 그 꼬마가 흥미로워서 그 아이의(저만치 어미로 추정되는 여자가 수안이라고 부른다) 머리카락이라고 해 봤자 얼마 되지 않지만, 앞머리 머리카락으로 붙어 버렸다.

수안이 엄마는 다른 아이의 엄마와 이런저런 수다를 떨었다. 집중해서 어떤 얘긴지 들어 보았다.

"어머머! 진짜 그랬어요? 수안 엄마!"

"그럼요. 어제저녁 애를 씻기고 수안이 몸을 닦아주는데, '어엄마! 여기 봐!' 날 보고 그랬다니까요. 퇴근하고 온 아이 아빠한테도 그 얘길 해주니까 또 막 웃더라고요. 거짓말 좀 하지 말라고요. 근데 진짜 들었어요. 수안이가 이제 막 두 돌이 지났거든요."

"와우! 수안이 말 잘하네. 그럼, 오늘 저녁엔 또 뭐라고 하는지 잘 들어보세요. 호호호."

두 엄마는 교문 근처에 마주 서서 뭐가 그리 우스운지 깔깔거리며 웃는 동안 수안이와 나는 운동장 쪽을 몇 미터 돌다가 수안이의 엄마 뒤로 가까이 가고 있었다. 수안이는 넘어질 듯 걸으면서도 아직 한 번도 넘어지지 않았고, 대신 조금 빨라진 걸음으로 방금 수안 엄마의 뒤편으로 지나고 있었다. 그동안 수안 엄마와 다른 엄마는 얘기에 빠져 우릴, 아니 수안이를 잊은 모양이다. 수안은 점점 신나는지 교문 밖으로 뒤뚱뒤뚱 걸음을 옮긴다.

2m 정도 앞의 도로에는 가끔 차들이 다니고 있었고 건너편에 신호등 불빛이 멀리 보인다. 초록색 동그라미가 깜박였다. 바로 밑엔 횡단보도가 있었다. 수안이는 벌써 횡단보도 표시로 그어 놓은 하얀색 사선을 조금 비켜난 도로에 한 발을 디딘다. 15도 경사진 왼편 오르막길 끝에서 트럭 한 대가 오나 보다.

순간이었다. 트럭의 앞머리가 점점 다가오는가 싶더니, 옆에서 "아악! 수안아!" 고함을 지르며 수안 엄마의 몸이 수안을 덮쳤고, 달려오던 커다란 트럭이 급브레이크를 밟은 게 거의 동

식지 않은 토마토

시였다. 수안의 머리칼에 붙은 나도 길바닥에 철푸덕 내동댕이쳐졌다. 이렇게 아파본 건 처음이었고, 몸이 부서지는 것 같았다. 땅이 솟구치는 것처럼, 둔탁한 것이 스친 거 같기도 했다. 교통사고였다.

'빠아앙 빠아아앙' 클랙슨 소리도 났었다. 나는 바로 정신을 잃었다. 눈을 떠 보니 "엄마 아아! 아하앙… 으아앙… 으앙… 으앙 허엉." 소스라치게 수안은 울고 있고, 엄마는 몸의 여기저기 피를 많이 흘린다. 도로엔 쏟은 피로 흥건하고 사람들은 '으악' '사람 살려' 비명을 지르며 방방 뛰었다.

금세 119 구급차가 왔다. 수안이와 나, 그리고 수안이 몸을 덮쳐 대신 죽은 수안 엄마를 싣고 응급실로 들어간다. 당시 사고를 낸 트럭 운전수는 하얗게 떨며 어쩔 줄 모르고 어딘가로 전화를 하고 있었다. 구급대원은 이미 많은 피를 쏟은 수안 엄마의 맥을 살피며 계속 불렀으나 대답이 없었다.

"네. 지금 14시 20분경 영원동 영원초등학교 정문 앞에서 두세 살 된 남자아이와 이미 사망한 그의 엄마를 싣고 현현병원 응급실로 왔습니다." 구급대원의 통화였다.

눈 깜짝할 사이 일이 터졌다. 수안 엄마는 아들을 살리기 위해 몸을 던져 버렸다. 귓가에 수안이 울음소리가 끊이지 않자, 여자 간호사가 아이를 안고 계속 달래고 있다. 불행 중 다행으로 수안 이는 아무 이상 없단다.

엄마를 계속 찾을 수안이가 가여웠다. 아이 이마에 땀이 맺

힌다. 나는 가만가만 땀을 닦아 주었다. 난, 자꾸 맘이 너무 아파서 그곳을 떠나왔다. 수안이의 앞머리 한 올이 병원 바닥에 툭 떨어졌다. 나는 슬픈 마음을 부여잡고 한참을 날아갔다.

날이 점점 어두워만 갔다.

오늘은 이제 날고 싶지 않아서 우리의 우주선을 향해 출발한다. 가는 동안 두 눈에서 뜨거운 액체가 흐른다. 줄줄 하늘에서 비가 오듯이 쏟아져 내렸다. 어머니는 자식을 위해서 언제든 죽을 수 있었다. 아무 망설임 없이 피를 흘리며 죽을 수 있었다.

케스는 슈린다와 헤어진 후 야산을 넘고 시내를 건넜다. 저 멀리 들판 가운데 하얀색 페인트로 칠해진 아담한 2층집이 보인다. 집이 워낙 새하얘서 햇볕이 좋은 오늘 같은 날엔 더 눈이 부셨다. 집 앞에 작은 개울이 흐르고 있고, 뒤편엔 소나무와 단풍나무가 보기 좋게 아름드리 둘러져 있다.

유독 한 집만 있다는 게 신기해서 그 집 주위를 한 바퀴 빙 돈다. 어디선가 작은 신음이 들렸다. 잘못 들었나 하고 귀 기울여 보니 누군가 입을 틀어막은 건지 답답한 소리로 끙끙댔다. 케스는 그냥 지나칠 수 없었다. 다시 집 주위를 살펴보다 집으로 들어가는 현관문 오른쪽 옆으로 좁다란 계단이 밑으로 향해 있는 걸 발견했다. 아마도 지하실로 통하는 문인가 보다. 케스는 계단 밑으로 내려갔다. 문 옆에 귀를 대 보니 안에서 처음 들었던 소리가 난다 '음퓹퓹프 사아버 주세에에' 손잡이로 문을 열었다. 침침한 지하실에 흰머리의 할아버지를 입에 수건을 물리고 두 손과 두 발을 꼼짝 못 하게 의자에 하나로 꽁꽁 싸매어 놓았다. 얼굴엔 얼마나 맞았는지 퍼런 멍 자국이 번져 있고, 머리칼은 풀어져 있었다.

그는 순간 너무 놀란 나머지 자신이 투명 인간으로 변신했건만 그만 무서워 잊어버리고 한쪽 구석에 몸을 숨기고 있다. '내가 왜 이러지? 이럴 때가 아니다. 난 어차피 보이지 않잖아.' 속으로 용기를 내 본다. 이런 모습을 슈린다가 알게 되면 틀림없이 실망할 것이기에 다짐하고, 샅샅이 뒤져 보기로 했다. 1층의 거실로 들어왔다. 검은색 소파엔 조금 전 누가 앉았는지 살짝 앉은 자국이 태가 난다. 지구인들이 매일 음식을 만드는 주방을 살핀다. 아무도 없다. 겁이 많은 그의 심장이 벌렁벌렁 요동쳤다.

'네 이놈! 누군지 잡히기만 해 봐라.' 이를 악물고 손에 힘을 주고 주먹을 쥐었다. 지구인이 쓰는 안방을 지나 옆방으로 가 본다. 역시 조용하다. 남은 화장실에도 없었다. 그렇다면 2층에 있단 말인가? 나무로 만들어진 2층 계단을 조용히 한 발 한 발 떼며 오른다. 2층 문은 활짝 열린 채 검은 복면을 뒤집어쓴 강도 두 명 중 한 놈은 칼을 들고 망을 보고 있고, 다른 놈은 붙박이장을 모조리 열어 놓고, 금고의 번호를 돌리는 중이었다.

케스는 소리를 빽 질러 본다. 투명 인간으로 일찌감치 세팅해놓은 터라 아무 소리도 들리지 않았다. 망을 보던 남자 즉,

가슴팍이 널찍하고 체격 좋은 그놈, 뒤통수를 한 번 세게 쳤다.

"야! 왜 장난해, 빨리 좀 해 보라고."

케스는 다시 뒤로 가 그놈의 뒤통수를 또 세게 완전히 처버렸다. 그랬더니 금고를 열려고 애를 먹던 다른 놈한테 달려가 그놈의 머리통을 픽 친다.

"미쳤나! 이 새끼가 왜 때려!" 이유 없이 맞은 금고털이가 화가 난 모양이다. 이때를 틈타 케스는 다시 한번 금고털이 뒤통수를 향해 온몸을 실어 두 발로 걷어찼다.

'픽 콰당! 잠시 몸이 뜨더니만, 바닥으로 고꾸라진다.

"너 죽었다. 이리 와봐!"

"너야말로 오늘 죽는 날이다." 둘은 엉겨 붙어서 치고받고 난리다. 그는 그 옆에서 깔깔대고 웃었다. 한바탕 실컷 웃다가 주방으로 내려갔다. 그리고 단단한 프라이팬을 보았다. 성분을 검색해 보니 과불화화합물, 불소수지, 유해화학물질 PFC 등의 성분으로 코팅되어 있다. 아주 튼튼하다. 들어서는 제 머리에 때려 본다.

띵. 핑. 돌면서 어지러웠다. 그는 이거다 싶어 얼른 양손에 프라이팬을 잡는다. 아예 손잡이가 달려 있어 쉽게 패주기 좋았다.

두 강도는 아직도 둘이서 엎치락뒤치락 싸우느라 정신이 없는 데다, 빨간색 손잡이 프라이팬만 귀신처럼 공중에서 흔들흔들 춤을 추면서 우당탕 탕탕 연거푸 두 놈을 때려치웠다. 강도

식지 않은 토마토

들은 기절해 버렸다.

케스는 그제야 지하실이 생각났다. 아차, 어서 가서 도와야 한다. 지구인이 물건을 자를 때 쓰는 도구를 검색했다. 가위와 칼이 떴다. 다시 주방으로 가 홀로그램에 뜬 모양을 찾는다. 똑같이 생긴 벽에 걸린 가위를 들고 지하실로 내려갔다.

몸을 움츠리고 의자에 테이프로 단단히 묶여 있던 할아버지가 옷이 몇 군데 찢어진 채 고개를 들어 계단을 바라봤다. 자신이 평소 쓰던 파란색 손잡이 가위가 너울너울 공중의 계단에서 스스로 내려오는 걸 말이다. 그리고 할아버진 너무 놀라 '으아악' 소리를 지르더니 그만 고개를 뒤로 떨구고 기절했다. 그래도 그는 포기할 수 없었다. 보이지 않는 손으로 잠시 기절한 할아버지의 머리와 어깨를 흔들었다. 그리고 가위로 단단히 여러 겹으로 묶은 테이프를 몇 번이나 잘라 준다. 이제 나머지 묶인 두 발의 테이프를 자르고 있다.

정신을 차린 할아버지는 잘못 보기라도 한 것처럼 머리를 흔들어 보고 눈을 껌벅인다. 마지막 입을 묶었던 테이프를 다 자르니

"가위야 고맙다. 세상에 어쩐 일이다냐. 네가 날 다 구해주고. 가위야 애썼다. 오! 하나님 살려 주셔서 감사합니다."

할아버지가 드디어 의자에서 힘들게 일어서더니 급히 집 안으로 뛰어 들어간다. 한 바퀴 다 둘러본 뒤 2층으로 향했다. 금고는 방바닥에 떨어져 있고, 두 강도는 널브러져 쓰러져 있

었다.

"여보세요! 거기 경찰서죠. 네. 주소 맞아요. 빨리 와주세요. 강도가 들어와서 지금 쓰러져 있어요."

바로 요란한 소리가 들려왔다. 경찰이 들이닥쳤다. 오늘은 못된 지구인 두 놈을 때려눕힌 날이다. 지구인 중에는 남의 것을 훔치고 도둑질하는 강도가 있음을 알았다. 욕심을 내면 점점 더 많은 욕심으로 커져 결국은 같은 종족을 헤칠 수 있었다.

케스는 어서 우주선인 집으로 돌아가 쉬고 싶었다. 그리고 오늘 자기가 무슨 일을 했는지 슈린다 에게 자랑하고 싶었다. 슈린다의 하루는 어땠을까? 목표를 우주선으로 맞춰 놓고 공중을 날았다. 점점 어둠이 몰려온다.

그의 고향 같은 우주선이 보인다. 주위를 둘러보니 지구인은 아무도 없이 고요만 가득했다. 우주선의 입구를 열기 시작한다. 자동으로 문이 포개어지며 열리기 시작한다. 어째 조용하다 했는데, 내부를 살펴보니 슈린다가 엎드려 울고 있나 보다.

"슈린다! 무슨 일이야. 어디 아파? 왜 울어?"

"엉엉. 케스, 날 좀 안아 줘."

얼마나 울었는지 눈이 퉁퉁 부어 있고, 눈동자가 충혈돼 있다. 조금 기다려 보기로 하고 씻고 나왔다.

"지구인의 어머니, 엄마가 자식을 위해 죽었어! 그들은 새끼 (자녀)를 위해 자신을 바쳐, 자신이 살아갈 많은 날을 포기할 정도로 자식을 사랑했어. 여기 마음이 아프도록…."

"그랬구나, 슈린다 울지 마, 나에겐 무슨 일이 있었는지 알아?"

"글쎄…."

"남의 것을 빼앗으려고 주인을 지하실에 묶고 금고를 털려고 했던 나쁜 강도 두 놈을 차례차례 뒤통수를 한 번씩 탁탁 때려 줬더니 자기들끼리 싸우더라고, 그래서 아예 주방에 내려가 손잡이가 달린 프라이팬으로 탕탕 쳐 줬지. 그래서 둘 다 픽픽 쓰러졌어. 그때야 지하실에 묶인 할아버지 생각이 나는 거야. 그래서 급하게 가위를 들고 가 테이프를 자르고 구했지."

"와와! 케스 대단해. 너는 지구의 영웅이 될 거야."

"아니야. 오늘 있었던 일을 보고해야지."

둘째 날.

보고를 올리는 슈린다의 손이 떨려온다. 부디 작은 아가가 잘 자라기를 바랐다.

현재 시간: 2021년 11월 11일 20시 30분 15초

1. 지구인의 어미(어머니)와 아비(아버지), 부모는 자식을 위해 전적으로 자신을 희생한다. 특히 어머니는 위급한 상황에 처하면, 자신보다 자식을 먼저 살린다.

2. 지구인의 어떤 이는 자신의 욕심을 위해, 타인을 묶고 때리며

온갖 위험에 빠트린다. 욕심은 끝도 없이 불어나서 지구인의 눈을 멀게 하고 다른 지구인을 죽게도 만들 수 있다. 지구인의 취약점은 욕심이다.

잠시 후 본국 중앙 본부 시스템에서 응답이 왔다.

오늘 수고했다. 자네들이 있던 곳에 우리도 함께했다. 자정 0시에 다른 장소로 이동될 것이다. 하던 대로 힘을 내주길 바란다.
이 여정은 지구의 기준으로 7일을 계획했으니 착오 없길 바란다.

케스와 나는 오늘도 부지런히 뛰었다. 둘 다 샤워하고 스르르 잠이 들었다. 내 꿈속에 수안이가 옹알이를 하며 뛰어오고 있었고, 케스의 꿈속에는 빨간색 손잡이 프라이팬과 파란 가위가 신나게 춤을 추고 있었다.

식지 않은 토마토